幻年時代

坂口恭平

幻冬舎文庫

幻年時代

戦火の中、安全な避難所として、僕たちを保護し、生きのびるための技術を
無言で伝えてくれた親父、母ちゃんにこの本を捧げる。

目次

はじめに

家に帰ってきてしばらく遊んだあと、夕食を食べているときに母ちゃんが言った。

「恭平、ランドセルはどうしたの?」

僕はその重量を感じながら歩いていたので、家にあるはずだ。しかし部屋のどこにも黒色のランドセルはない。探すでもなくぼんやり佇んでいると親父が帰ってきた。

「恭くん、学校に忘れてきたんじゃない?」

僕の記憶はここで消えている。

そこで、勤めていたNTTを退職し、現在は病院の守衛をやっている親父に電話をかけた。

「親父？　今、ランドセルを忘れて帰ってきた話を書いてるんだけど」

「あ、そんなことあったね。ランドセルを忘れて帰ってきたよね。やっぱり恭くんはさすがのおっちょこちょいよ」

「新宮《しんぐう》小学校でのことだから、一年生か二年生よね？」と言うと、「オレも覚えてない。たぶん一年生だろ」と親父。

　僕と親父は日も暮れた福岡県糟屋《かすや》郡新宮町でランドセルを探し回ったらしい。小学校で一番大事な、誰でも持っているはずのランドセルをどこかに置き忘れてきたわが子を見ながら、親父は何を思ったのだろう。

　結局ランドセルは見つからないまま、僕の通う新宮小学校の前まできてしまった。ランドセルはやはり教室にあるようだ。

「で、どうなったんだっけ？」親父に尋ねる。

「それが、校門が閉まってて中に入れなかったのよ……」

　一瞬の沈黙のあと、僕と親父は大笑いした。

　固く閉ざされた門の向こうにある手の届かない真っ暗な校舎を見つめたあと、

二人はとぼとぼ帰ったのだという。

次の日の朝、僕はいつものように登校した。同じ電電公社の社宅十一棟の親友である山本意徳《たかのり》、タカちゃんとともに。

「あれ？　ランドセルは？」とタカちゃんが聞く。

「たぶん教室の机にあると思う……」

少し恥ずかしかった。しかし小学校にサッカー用のスパイクでカパカパ音を鳴らしながら通うタカちゃんである。飼っているトカゲを自慢するために僕の家に持ってきてうっかり逃がしてしまい、僕の母ちゃんにこっぴどく叱られたタカちゃんである。いつも僕らに花札の役を教えてくれる任侠の母親を持つタカちゃんである。僕がランドセルを忘れてきたと告げても、「あっ、そうなんだ」としか言わなかった。

二十歳《はたち》の頃、親父の転勤で熊本へ引っ越した九歳のとき以来会っていなかったタカちゃんに会いに行こうと思い立つ。そのとき、おそらく生まれて初めての躁状態だった僕は、ベトナム戦争で使われた米軍のヘルメットとオランダ軍のパラシュート部隊のツナギを着込んで、廃車置き場で拾ってきたスズキのバーディー一九六九年製のバイクに跨《また》がり、なつかしの新宮の町へと向かい、山本家のインターホンを押した。

「タカちゃん！」

「……恭くん？」

タカちゃんと僕の声が出会ったのはじつに十年ぶりのことだった。家に上がらせてもらうと、かつて団地中の壁にサッカーボールをぶつけまくるので大人たちから白い目で見られていた自由の象徴たる親友タカちゃんは、点滴を刺したままの姿で家の中を歩いていた。かといって弱っているのでもなく、「不治の病なんだ」とうそぶきながら、昔、僕とやったボードゲームを押し入れから取り出した。

今、生きているのかそれすらわからないタカちゃんのことを思い出し、不安になり、すぐさま新宮の町へ行きたいと熊本の喫茶店で原稿を書いている僕は思っている。

なぜ小学生は日本中どこでもランドセルを背負って登校するのだろう？　タカちゃんという無二の親友と並んで歩く手ぶらの僕は、そのとき、おそらく日本で唯一ランドセルを背負わない小学生だった。

からだが軽い。自由の風が吹き抜ける。ゴミ捨て場のコの字をしたコンクリートの上に飛び乗ることさえできた。その軽さに興奮した僕は、町をスーパーマリオの面《ステージ》と捉え、タカちゃんと一緒にさまざまな障害物を飛んだり跳ねたりして遊んだ。

その、なにも持たない軽さは今も続いている。

タカちゃんはランドセルを背負いながらも、すでに自由を獲得していた。タカちゃんの履くスパイクはオフロード用だ。誇らしげなタカちゃんは、抜け目のない遊び人だった。飛車角落として僕と遊んでくれた。

結局、ランドセルはどうなったのだろう？　記憶はない。それよりもあの軽さだ。手ぶらの、七歳の僕の。

僕は坂口家の中であまりうれしくはない伝説をつくってしまった。小学校にランドセルを忘れてきた男、と家族によく笑われた。言われるたびに僕も一緒に笑った。おっちょこちょいで、すぐ物を忘れる、失《な》くす。そんな特徴を持つ人間。たしかに事実として正しく、僕はすぐどこかに物を忘れてきた。たんに馬鹿にされているのではなく、事実としても迫ってくる感情が恐怖や不安であると理解できなかった僕は、その場でおどけて闘牛士のようにからだを翻し、かわしてみせた。あの牛の角《つの》はなんだったのだろう。

僕の幼年時代。それは幻の時間である。なぜ生きているのか？　その意味はもう考えなくていい。あの幻の時間のおかげで今の自分が存在している。親友とともに軽さを感じながら。目の前の現実を化石と感じながら。起きて見る夢として毎日を生きながら。そのような行為として、記憶の軌跡として、ただ幻の実像を書いてみたい。

幻に背中を押されながら――、いや、笑ったまま橋の上から突き落とされるような不慮の落下によって、この物語は始まる。

幻年時代

一　守衛

守衛の親父から僕のケータイに電話がかかってきた。すでに午後十一時を回っている。

「恭くん？　恭くん？」

「そっちから電話かけてきてるんだから恭平に決まってるでしょ」

「今、守衛の仕事してるんだけど」

「知ってるよ。今日も朝まで？」

「うん。で、お願いがあるの。さっき急患で運ばれてきた人が家に帰りたいって言ってて、どうにかしないといけないと思ってさ」

「タクシー呼びなよ。というか、それぐらい自分で考えられるでしょ」

「そう言ったんだよ。そしたら、お金がないっていうもんだから……」

「じゃ、歩いて帰せばいいじゃん？　守衛ってそんなことまでしなきゃいけないの？」

「いや、ちょっと痴呆症みたいな感じの人なんだ。歩いて帰らせるのは心配でさ……」

「優しい守衛だね」

「恭くん、今日クルマ乗ったでしょ？」

「昼間借りたよ。ありがとね」

「恭くんがその人を送ってくれんね？」

「……えっ？」

「頼む、恭くん」

「無理だよ。だって今、酒飲んじゃってるもん」

　親父がこのあとどうしたかは知らない。聞いてみると、その出来事自体を忘れていた。

「なんで覚えてないの？」

「父さんは体験したことをすぐ忘却の彼方に追いやってしまうんだよ」

親父はいつもそうだ。自分の欠点を語るのに自信満々なのだ。そんなところが昔は大嫌いだった。夢も希望もない人だと思っていた。だが自分も子どもを持った今、親父の言葉は意外にもすうっと心に入ってくる。深い意味などなく、ただ、すうっと。


僕はたまに実家のクルマを借りる。そして、病院で守衛をしている親父のもとへそのミニクーパーを返しにいく。ある日、仕事を終えた母ちゃんを拾って、一緒に向かったことがあった。鬱《うつ》で死にたくなっている状態からは少しだけ回復して外に出られるようになってきた頃だから、これを書いているたかだか一ヵ月前のことのはずだ。なのに、すでに記憶はおぼろげだ。鬱状態の僕を、鬱から抜けた状態の僕はほとんど覚えていない。からだが自然と再稼働していくにつれ、地獄に滞在していた記憶はゆるやかに抹殺されていく。

そこは誰もいない休日の病院だった。一階ロビーはがらんとしている。ロビーの中心にある受付窓口には普段なら医療事務の職能を持った女性が座っているはずだが、今は僕の親父が座っている。とても退屈そうに週刊誌を読んでいる。いつから座っているのか。それこそ永遠に座り続けているかのようだ。

僕と母ちゃんは、通院している人が使う革張りの長椅子に座る。こんなふうに親子三人で親父の働く仕事場にいるのは現実感がなかった。僕は鬱状態である。快方に向かってはいるが、まだ絶望も引きずっている。

受付を出た親父が僕と母ちゃんの座る長椅子に歩み寄る。親父は運河とカモメの描かれた水色のキーホルダーのついたミニクーパーの鍵を僕から受けとると、長椅子に座る僕の左斜め上の白い壁を指差した。その先には額装された一枚の花の絵があった。

「あれぜんぶ本物の押し花なんだよ。院長の奥さんが押し花が好きで、花瓶に入った花束を押し花で表現してるの」

しかし僕にはそれが、本物の花束と花瓶を撮影した写真にしか見えない。鬱のせいで精神的な視覚効果がかかっているのかもしれない。そう思って僕はもう少し近づいてみる。

「すごいよね」と親父の声。親父は僕が興奮して近づいたと思っているのだ。

「これ、写真だよ?」

「えっ⁉」

親父が慌てて額のそばまでくる。本来なら病院の空間に慣れ親しんでいるはずの親父が、一番初々しく感じられた。廊下の電気が落とされた病院は薄暗い。幼い頃、僕のぜんそくの吸入治療をするために親父と母ちゃんと三人で通った深夜の救急病院を思い出す。あのときも三人だった。あのときも親父は慌てていた。

「あっ、ほんとだ。写真だ」

親父は押し花であると自慢したばかりの作品の前に立ち、投げるようにつぶやく。その小さな声がこつんと当たって母ちゃんも「ははっ」と笑う。僕もつられて笑ってしまった。

病院は真っ白だ。薄暗くて、どこが角なのか壁なのかその境目もわからない。こんなからっぽの空間に夜八時から朝八時までいる親父とはいったいなんなのか。僕の「親父」の役目を果たしているこの男は何者なのだろう。そして親父の役目を果たしている男性と長年連れ添っている、僕の背後から酩酊したような笑い声を響かせるこの「母ちゃん」と呼ばれる女性はいったい誰だ。

　僕の親父の役目を果たしている男性がまた別の場所で言葉を放っている。

「こっちが押し花だったよ！　恭くん！」

　男の指の先には、先ほどと同じように花瓶に入った花束の美術作品が白い額に飾られていた。こちらはまぎれもなく押し花であった。ちぎりとった花だけでつくり上げられた、山下清の貼り絵のごとき美しい押し花絵だ。三人で作品を眺めながら、感心の声を離ればなれに投げている。交わりそうで交わらず。僕は今が何時なのかもわからなくなり、目の前の男と女が生み出している光景が、どこか路地裏で言語が通じないのに手振りと笑顔でなんとなく理解し合えた異国の人たちとの会話に見えてきた。親父と母ちゃんの図像がノイズの入ったテレビ画面のように揺れ、歪み始めたので、僕はすぐにその思考を止めた。

二　砂利

　幼少期に二つの記憶がある。どちらも僕はベビーカーに乗っている。どちらも楽しい思い出ではない。どちらも僕は大きな声で泣いている。なのに、音の記憶はない。無音のまま誰かを呼んでいる。おそらく両親を呼んでいる。両親の姿はない。背後にいてベビーカーを押しているのかもしれない。ともかく僕には見えていない。ベビーカーが動いているのならば、背後に押している誰かがいるはずだ。ベビーカーの小さく不定期な振動は、誰かが一緒にいるという暗号なのだ。一方、ベビーカーの停止は僕に不安を与える。

　二つとも場所は把握している。一つ目の記憶は、僕が当時住んでいた福岡県糟屋郡新宮町にある、親父の勤める電電公社の団地から歩いて二十分ぐらいの松林だ。その松林の先には白浜が広がり、玄界灘が見える。無数の松林に囲まれた砂利道の真ん中で、僕はベビーカーに乗って泣いていた。両親を探したいのに、ベルトで捕らえられているのでからだを動かすことができない。とにかく叫ぶしかない。その声は、なぜか僕自身には聞こえていない。だからさらに大きな声をあげる。

二つ目の記憶は、電電公社の団地の二階か、三階だ。階段の踊り場に置かれたベビーカーの上で、やはりこちらも泣いていた。踊り場には柵があり、その隙間から地面が見えている。やはり無音であり、誰かを探している。宇宙に自分ひとりしかいない。そんな不安に襲われている。

二つの記憶には共通点がある。自分の目から見た視点、その坂口恭平を遠くから眺めているもう一つの視点が共存していることだ。そのことを両親に言うと、母ちゃんがあることに気づいた。

「写真で見たのよ。松林の中で泣いている写真。ほら」

手渡された一葉の写真には、海へと繋がる松林の砂利道でベビーカーに乗って泣き叫んでいる僕の姿が写っていた。そうか、写真か。いつ頃かこの写真を見た僕は、泣き叫ぶ自分の目の裏側に入り込み、記憶の風景を勝手につくり出したのかもしれない。ただ、以前にどこかでこの写真を見たという記憶が、僕にはない。踊り場で泣いている僕を撮った写真も存在しているという。しかしその写真は出てこないし、やはりこちらも見た記憶がない。

母ちゃんによれば、僕は二歳のときにはもうベビーカーから降りていたそうだ。つまりベビーカーに乗っていたとすれば、それは一歳のときのこと。一歳の記憶なんて残っているはずがないと親父は言う。僕もそう思う。でもベビーカーの上で泣いている記憶は、僕の中にたしかにある。さびしがりやの僕は、親父か母ちゃんかは特定できないが、その人が写真を撮るために離れていくのを見て泣いたのではないか。

思い出すことはほとんどない。別にトラウマになっているというわけでもない。でも、たしかにその記憶は沈殿している。「写真よ」という母ちゃんの言葉が耳にこびりついているが、正直、僕はその言葉を完全に信じてはいない。と同時に、僕は記憶を捏造《ねつぞう》しているのかもしれないという疑念もどこかにある。

〇歳から九歳までを新宮町で過ごした。小学三年生の夏休みに僕は親父の転勤で熊本市へ引っ越した。熊本市へ移動してからの記憶には背骨が通っており、今の自分にまで直結する。しかしこの新宮での記憶は、それだけで独立しており、僕の人生とは繋がりの薄いものとして残っている。にもかかわらず鮮明なのだ。断片的というよりは、一つの塊としてある。

その塊を形容する言葉を僕は持っておらず、近似した感覚を集めたりすることで、言葉ではなく空間として再現しようと試みたりもした。しかしいつでもその試みは失敗に終わった。何度試みても塊は、すべての部位がそれぞれの機能を理解している機械のごとき九歳以降の記憶に吸収されてしまうのだ。

新宮の記憶は、僕が今、生きていくための柱としている記憶とはまったく別の世界の出来事に思える。坂口家の構成も同じだったはずだが、機能が違っていたのではないか。同じ要素でありながらも、まったく別の生命体だったのではないか、などと考えてしまう。まったく別の人間の記憶が一部入り込んでしまっているのではないか、とすら思う。新宮町で日常だったはずの世界は、不確定な気体のように今も僕を煙に巻く。

あの日々がなんだったのか。その意味を探りたいのではない。それよりも、僕は自分の中にたしかに存在する生き生きとした空間に興味を持っているのだ。記憶だけでその空間を立ち上がらせることはできないだろうか。多層な記憶による建築を。

体験を通じて感じた大気の手触りが、僕には整理された記憶よりも真に迫ってくる。


断片的だった記憶が連続した線を結ぶのは四歳からだ。新宮町にある電電公社の団地に〇歳からずっと住んでいたが、この年、僕たち家族は団地内の古い建物から、新しく建てられた二十棟ほどの新社宅の一つである十一棟へと越した。

新宮町の電電公社の団地はかなり広大な敷地に三十棟ほど建てられており、僕はこの団地の建てられた領域を世界のすべてであると三歳まで思い込んでいた。四歳になり、新宮西幼稚園へ通うことで初めてそれ以外の世界の存在を知ることになる。

十一棟の周辺は新しいアスファルトで舗装されており、その道は団地を抜けると砂利道に切り替わる。アスファルトと砂利の違いは、僕には境界線のように感じられていた。アスファルトは絨毯《じゅうたん》であり、砂利道はそこが室内ではないことを意味していた。砂利はまだ白かったので、アスファルトと同じように新しく敷き詰められたばかりだったのだろう。人間の足跡と付き合いの浅い白っぽい砂利を見ると、僕にはそれが自然物ではなく、もっと人為的なものに思えた。

道の横を見ると、フェンスの網の向こうに松林と砂浜が続いている。僕の足下はすべてアスファルトで覆われているが、団地が建つ前には、ここも松林だったのかもしれない。砂浜も続いていたのだろう。十一棟の裏には庭があり、そこにも砂があった。しかし、裏庭の砂と砂浜の砂は種類が違う。裏庭の砂はどこかから運んできた匿名の人工物に見えた。

砂だけではなかった。裏庭に生えた短い草、花、樹木、そういった自然物すべてが、どこか遠くから突然連れてこられた違和感をはらんでいた。植物にはそれぞれ名前があったはずなのだが、僕にはのっぺらぼうの緑としか認識できなかった。

そんな匿名の植物や砂でもまだ、自然物であることは理解できた。一方で砂利は、僕にとって一番タチの悪い人工物だった。砂利は、草などとは違い、どこかの誰かがゼロからつくったものに思えたからだ。

砂利は、僕が暮らす電電公社の団地内には見当たらなかった。砂利道は団地の裏手となる電電公社の土地ではないところから始まっていた。しかし砂利道は、イコール外の世界ということでもなかった。砂利道は内と外の混ざった曖昧な空間として、外界と電電公社の団地を繋いでいた。

僕が、これから母ちゃんと向かおうとしている新宮西幼稚園は、砂利道というグラデーション、あるいは境界線を抜けた先にある。

砂利道に入り、横に目をやる。鉄製のフェンス網があり、上には鉄条網まで張られている。幼稚園児である四歳の僕も、それらが放つ「これより先へ入ってはいけない」というメッセージをたやすく理解できる。黄色と黒のストライプ模様の板も立っている。黄色と黒がぶつかった火花は、そこから先が危険地帯であることを伝える。そう理解しつつ、しかし僕の目には、向こう側がまったく危険な場所に見えない。鉄条網の先には白くてさらさらした砂が、松林群と戯れるように横たわっている。自然の力に溢れた曲線が躍動している。むしろ、それらは「危険である」と演じているだけのように感じられる。絨毯に見えていたアスファルトの印象が一瞬だけ別の顔を見せた。

もしかして、僕は何者かによってだまされているのではないか。じつはここは牢屋であり、閉じ込められているのは松林と砂ではなく、僕のほうなのではないか。そんな可能性が芽を出す。だが、たとえ牢屋に閉じ込められていたとしても僕には家族がいるのだからそれでもいいや、というからっとした気持ちもある。牢屋なのだとしたら、そこから脱出を試みることもまた楽しい遊びになるかもしれない。

それに僕には心強い仲間もいる。まずはタカちゃん。それから同じ棟に住む小林兄妹だ。

僕より三つ年上で、すでに小学生である小林兄は、同級生から「コバヤン」

と呼ばれていた。僕もそう呼んだ。コバヤンたちはスピード狂の種族だった。団地全体をサーキットと捉え、リレー形式の自転車レースを開催していた。まだ幼稚園生だった僕はその熱狂に憧れているが、レースに参加することができない。ただ、僕の住む十一棟では革命が起きていた。年齢に関係なく全員が参加できる遊び集団が形成されていたのだ。そこでは年下が年上を馬鹿にしても許容される空気が流れていた。その中で、コバヤンは僕とタカちゃんに遊び方を教えてくれていたのである。お礼に僕は、コバヤンを小馬鹿にするような歌をつくり、彼に贈った。

このときまだ僕とタカちゃんは、鉄条網をくぐり抜ける大脱走を実行に移していない。実行するのは小学生のときだ。しかし幼稚園の時点ですでに鉄条網との闘いは幕を開けていた。幼稚園までの砂利道を母ちゃんと一緒に歩きながら、現地調査を始めていた。僕にとって通園とは、子どもたちにその場から離れることを強制する鉄条網やさまざまな看板や図案を解析し、その先に広がる松林と砂、つまりは自由の場所へ脱出する方法を探るための偵察でもあった。

いつかあの鉄条網を仲間と越える日がくるだろう。僕は松林と戯れる自分を想像した。しかし目の前の現実らしき世界に焦点を合わせると、途端に鉄条網の向こうの景色からはピントが外れ、松林はぼやけていった。

砂利道を母ちゃんと歩いている。母ちゃんもやはり、「あの先には行っちゃだめよ」と言った。一番身近な人間である母ちゃんも、牢屋の中の囚人である僕を管理する側に回っていた。しかし母ちゃんが悪いわけではないことも理解できる。だとしたら、いったい誰が悪いのか？　敵の姿は見えなかった。いったい僕はなにから逃げようとしているのか？　それがまずわからない。僕が暮らすこの団地は、自分にとって、家族にとって、幸福そのものであるようにも感じられる。しかし一度家族という共同体から抜け出た無音の世界に入ると、僕はどこかに囚われており、そこからの脱走を狙っている不自由な冒険者であるのだと自覚してしまう。

母ちゃんの笑顔は、僕に対して何らかの秘密を隠すための道具なのかもしれない。僕の記憶も安定した保存が開始する以前から管理され収容されていることに気づかないように操作されていたのだとしたら恐ろしい。そこで、僕はまた子どもの存在に還ろうと試みる。松林を眺めて、自由を知る。同時に、その自由に手が届かない己の欠如と、まだ気づいていない謎の存在を予感する。

僕は、子どもに戻った己の手を非情にも引っ張っていく手が、優しい母ちゃんの手であることを再認識し、黙ってそれに従い、進むことにした。

砂利を踏む音がする。時折、小石を蹴ると、石粉が靴に染み込んでいく。母ちゃんの手は安らぎである。その安らぎと触れている。同時に石粉で汚れることで安心しようとしている僕もいる。

幼稚園に続く道、この通園路、おそらくなんの変哲もないこの道行きこそが、僕の原点である。僕の冒険はここから始まった。いつも風が吹いていた。朝の光は長い影をつくり、その影が植物と人工物の境目を溶かしていく。

三　林

砂利道を進むと、右手には先ほどから見えている鉄条網とその奥の松林と砂が、左手にはうっそうと茂っている林がある。その林に群れる植物たちを見ながら、僕はそれでもなぜか右手にある鉄条網の奥の松林のほうがはるかに自然であると思った。永遠に続くかのような鉄条網のおかげで囚われの身であることを知った僕は、目の前の林ですら、囚人を落ち着かせるための偽物であると感じてしまっている。

広大な国有地の中心に電電公社が三十棟ほどの社宅を建て、その余った土地が林となった。少しずつ酔いが醒めていくように、団地の無機質な風景が、林という余白へとゆるやかにグラデーションを描いていく。だまされていると知りながらも、その嘘の自然を受け止め、そのことで仮そめの安堵を得た僕は、次第に気持ちが軽くなっていく。四歳の自分、という認識を中心に置くために、僕は鉄条網ではなく、林のほうに焦点を合わせながら歩く。

林の中のいくつかの大木には、誰かがノコギリで切ったのであろう真四角の木片が掛けられている。そこにはクヌギと黒い字で書いてある。クヌギにはしっかりと名札があるのに、団地内の植栽には名札はない。匿名であることの意味が理解できない。同じ植物なのになぜ違う？　僕の胸元にも名札がある。しかしコンクリートブロックの裏側で丸く固まっている甲殻類のダンゴムシには名札がない。どちらが自由なのか、匿名の存在なのかが一瞬わからなくなる。クヌギと植栽と僕とダンゴムシ。それぞれ違う状況に置かれている。名前の持ち方も、匿名のあり方も、それぞれ違うのかもしれない。それらをどう判断すればいいのかを思うと気が遠くなるので、考えるのを止《や》める。止めたふりをする。思考を停滞させると安心できるのだ。ただそれがなにかいけないことであるような感覚が僕をわずかに摑んでいる。

林を横目に見ながら、左手で母ちゃんの手を握りしめる。今でも僕は女性と手を繋ぐとき、かならず左手で握る。そうすると上手く嚙み合わない女性もいる。なぜかそういう女性とは一緒になることができない。母ちゃんの右手は僕の左手を鍵に変えた。その鍵にしっかりと嚙み合う鍵穴が、右手として、世界中のどこかに置かれているのだ。

僕は後に鍵穴を見つけることになる。初めはこの人と一生歩むとはとうてい思えず、それでも長い時間を一緒に過ごして、今は僕と結婚して坂口涼子という日本名を持ち、僕が「フー」と呼ぶ女性の右手である。彼女の右手を握ると、しっかりと僕の鍵がはまる。つまり、母ちゃんとフー、かぎりなく同じ形状をした二つの鍵穴がある。母ちゃんの右手はフーと出会うためのコンパスとして存在していたのだ。小さな坂口恭平がいつの日か必然の人と出会ったときに、雰囲気ではなく機械的に知覚できるように、できるだけ詳細に、緻密に、ほぼ原寸大に、その鍵穴を再現しようとしていたのかもしれない。むしろつい取り違えてしまいそうなくらいに肌の手触りも、合わさった瞬間の絡まりも、そこまで表現しないと伝えられない大気のようなものまでをも微細に再現した鍵穴のサンプルとして。その大事な人に出会うまでの未来という道のりを指した羅針盤であるところの母ちゃんの右手を僕は握りしめている。

左側の林を見ていればいい。そうすれば、そこには優しい母親の右手があるからだ。母ちゃんと一緒にいるときに右を見てはならない。鉄条網の網目を二人で見てしまってはいけない。それは、母ちゃんのことを、僕をどこか怖いところに連行する収容所の看守だと認識してしまうことになるから。

四　動物

林をしばらく見ていると、突如右から光が差し込んでくる。その光は、鉄条網という絶対に中に入ることのできない壁が終わったのではないかと僕に錯覚させる。本当は壁は終わったのでなく、じつはそのポイントから鉄条網は九十度右に曲がり、つまり今、団地を背に歩いている僕から見ると、右手の奥のほうへ続いていた。しかし上空からの地図を俯瞰して眺める術《すべ》を持たない僕は、まだそのことに気づいていない。

右からの光をぼんやりと感じながら左手側の林に目をやると、木々の重なりが絵本で読んだどこかの密林に見えてくる。木々の間を飛び移る影が視界を横切る。林には野生の猿がいた。僕は孫悟空が好きだった。転じて、猿も好きだった。中学生の頃にそのことを親父に伝えると、彼は恐るべきことを口にした。

「昔、うちで猿を飼ってたんだよね」

それを聞いた僕は、驚きよりも誇らしい気持ちになった。猿という生き物は動物園にいるものとばかり思っていたが、人間の居住空間に、それも僕の親父の家にいたのだ。

かつて母方の曽祖母が痴呆症になったとき、彼女の長男である祖父は、台所と居間の間に木製の柵をつくった。僕はその柵が曽祖母を動物扱いしているように感じられ、怒りに震えた。そもそも柵や網といった類いのものが僕は大嫌いだった。それらは人と人、人と動物、自然と人工など、結びついてこそ発揮するはずの光を消し去ってしまうからだ。もちろん家族と動物園に行くことはあったし、それは楽しい行事だった。だが、そこにいる動物たちは鉄条網の先の松林やさらさらの砂と同じだった。あちらに気をとられると僕自身も囚われの身になってしまう。だから僕は、動物よりもむしろ家族で一緒に遊んでいることに意識を集中した。柵の手前側に存在している「行楽日和の週末を過ごす家族」という状態にピントを合わせることにしたのだ。

祖父は僕にとって大きな存在だった。僕に「人を助けなさい」という使命を与えてくれた人だ。その祖父が居間から台所に入る境目に設置した柵は、じつは曽祖母が誤って台所で火を使い大事に至ってしまわないようにするために取り付けたものであったことをのちに知る。知ったときにはすでに祖父は亡くなっていた。

この祖父と親父は、当然ながら血は繋がっていない。しかし、僕の目には二人が親子のように映っていた。二人は人間よりも動物を愛していた。それも動物園に居並ぶ格式高い動物ではなく、雑種で、ありふれた動物への愛に溢れていた。

「猿はどこから連れてきたの？」

「おじいちゃんの友達に船乗りがいて、その人が東南アジアから連れて帰ってきたんだ。けど世話ができないっていうから、おじいちゃんが引き取ったらしいんだよ」

「じゃ、ニホンザルじゃないんだ？」

「そう、熱帯地方にいそうな猿だった」

「で、どうなったの？」

「一時期うちにいて、最後はおじいちゃんがどこかへ連れてった。オレにずいぶんなついいててね。かわいかったなあ……」

「親父って動物好きだよね」

「そうだね。人間よりも好きかもね」

「ほんとは人間も動物だけど」

「ま、そうだよね。お前の本籍がある実家には大きな庭があって、しかも裏手が山だったから動物がたくさんいたんだよ」

「どんな？」

「イヌでしょ、それから猟犬でしょ」

「親父、」

「あとネコでしょ」

「親父、」

「ん？」

「どうしてイヌと猟犬を分けたの？」

「猟犬はね、ある日、庭に紛れ込んできたんだ。裏山で迷子になったんだと思うんだけど、血統の良さそうな猟犬で、うちで保護することになったの。でもしばらくして飼い主が現れて、引き取っていった。その人、熊大のナントカっていう有名な教授だったな」

「なんでもすぐ忘れるくせに、そんな記憶はしっかりあるんだね。他には？」

「モルモットもいたな。カメもいた。あとチャボも」

「チャボって？」

「チャボってのは小さなニワトリみたいなもんだ。今は天然記念物だよ。ひょいっとオレの肩に乗ったりしてかわいかったよ」

「牛若丸と弁慶みたいじゃん」

「そうやって、恭くんはすぐ大げさな喩《たと》えをする」

「他には？」

「ホオジロ」

「ホオジロ？　知らないや」

「ホオジロはどこにでもいた。鳴き声が特徴的なんだ。鳥のさえずりを日本語に当てはめることを『聞きなし』っていうんだけど、ホオジロの聞きなしは『一筆啓上《いっぴつけいじょう》仕《つかまつり》候《そうろう》』って言うんだ」

「へえ」

親父はすごい数の動物と一緒に暮らしていた。


親父と電電公社のレクリエーションに参加したことがある。やはり僕が四歳の頃だ。親父と二人だった。一つ年下の弟も一緒に行ってもいいはずだが、なぜか僕だけが親父に同行した。場所は福岡の小石原村。そこで、僕は湯呑みをつくった。湯呑みにはドラえもんの絵を描いた。四歳の僕にとってのドラえもんは、ただの丸に点が二つ、さらに小さな丸を描き、左右に三本ずつの長い髭を加えただけの、猫型ロボットというよりは、むしろただの耳のない猫だった。この猫柄の湯呑みを、祖父は亡くなるまでずっと使ってくれたが、僕はその湯呑みをつくったのが自分であることを忘れてしまっていた。よくよく考えれば、その湯呑みこそが、のちに芸術活動を始める坂口恭平にとっての生まれて初めてつくった作品だった。その処女作品は祖父という最高のコレクターに〇円で収集され、彼は大事に保管することなく、日常生活の中で使いきった。

今になって祖父の遺品を何一つ持っていないことに気づいた僕は、祖母に電話をかけた。彼女は熊本県熊本市河内町白浜《かわちまちしらはま》で今も元気に暮らしている。河内町白浜は親父と母ちゃん、二人の故郷でもある。まったく別の場所で出会った二人の実家は、なんと一軒隣だった。

一七九二年五月二十一日、長崎県島原半島にある雲仙普賢岳《うんぜんふげんだけ》の活発な火山活動によって起きた地震により島原大変・肥後迷惑と呼ばれる、山の崩落による大津波が発生し、一万五千人近い死者が出た。白浜にあった集落の住戸はすべて流されてしまったという。この江戸時代に起きた災難が関係してのことなのかは定かではないが、五人兄弟であった母方の曽祖父の兄弟たちは世界中へ飛び立った。曽祖父を除く四人はアメリカ・カリフォルニア州、ハワイ州、そしてペルーへとそれぞれ移住した。のちに、カリフォルニアへと渡った兄弟の子孫が祖父の家を訪ねてきたことがある。そんなこともあってか、河内町白浜の土地は僕を生理的にざわつかせる。異国の匂いがするのだ。今はそこに祖母がただ一人、暮らしている。

僕は祖母のことを「おばあちゃん」ではなく、「おねえちゃん」と呼んでいた。曽祖母と祖母が両方いることに混乱した幼い頃の僕は、祖母のことをなんと呼んでいいかわからず、ずっとそう呼んでいたのだ。その名残りが今でも続いている。

「ねえ、おねえちゃん、じいちゃんが使っていた湯呑み、あれ僕がつくったやつなんだけど、形見としてもらっていい？」

彼女は静かな声で、ゆっくりと答えた。

「そんな湯呑みあったかね？　恭くんがつくったとね？　知らんかった」

五　運動場

鉄条網が終わったばかりの空間には、小石の混ざった砂が敷かれただけの広大な土地が広がっている。そこは、夏休みに団地中の人々が集まり、巨大な音楽を鳴り響かせながらラジオ体操をするための運動場だった。祭りとは違い、ある統制が効いた踊りであるラジオ体操には、幼児、子ども、母親、父親、つまりは電電公社の集落すべての人々が毎朝、参加していた。僕はその集まりを楽しみにしていた。朝一番になじみの顔を見ることができるからだ。ラジオ体操自体は楽しくないが、行き帰りの仲間たちとの触れ合いが、僕に共同体に属しているという安心感を与えてくれた。早朝、朝日が昇ろうとするその赤色の光の中、ハトの低い鳴き声を聞きながら、いくつかの集団がまばらに歩いている。その集団の一つに僕はいる。目をこすっている。眠くて仕方がない。

「恭くん！」

その声によって一瞬で目が覚める。純ちゃんだ。純ちゃんは僕が住んでいる十一棟の隣、十二棟に住む谷家の長男である。二つ下の弟、浩ちゃんが僕の一つ年上であるから、純ちゃんは僕よりも三つ上になる。きっかけは思い出せないが、僕は谷家と仲がよかった。純ちゃんは年上だが、同い年の親友のような付き合い方をしてくれた。純ちゃんはとても几帳面で、学習机の整理整頓っぷりに感銘を受けた僕は、そのやり方を彼から学んだ。弟の浩ちゃんからは、白い紙を折ってホッチキスで留めると本のような体裁になることを学び、僕はそうやってつくった本に、のちに連載物の漫画を描くようになる。

僕は谷家の階下に暮らす田中家とも仲がよかった。田中家の長女と僕の弟が新宮西幼稚園で同じクラスになり、母親同士の交流から関係が始まった。社宅にはすべて部屋番号が割り振られており、僕の家は一一四一だった。これは十一棟の四階の西側の部屋を意味する。田中家の部屋番号が一二二三、谷家の部屋番号は一二三三。坂口家、田中家、谷家の三家は、僕が幼稚園児であった頃にはまだそこまで明確に共同体にはなっていなかった。のちに集会場と呼ばれる施設で、合同で宴のようなものを催すうちに強い繋がりになっていったのだと思う。僕はこの三家の関係が好きだった。一生続いていくものとばかり思っていた。電電公社という共同体がつくった連帯を、安心を、大人たちを、子どもたちを、建築を、僕はとても愛していた。

純ちゃんの声は背後から聞こえてくる。そのとき僕は同じ棟の部屋番号一一一四に住む親友、タカちゃんと一緒に運動場へ歩いていた。タカちゃんと純ちゃんはそのとき初めて会うのだが、それ以降も特に仲よくなることはなかった。電電公社という一つに見える共同体の中にも、じつは階層があることをうっすら感じていた。僕とタカちゃんが二人だけでいるときと、純ちゃんが混じり合ったときの空間の差異を知覚した瞬間の味わいは、母ちゃんと手を握り合い一緒に歩きながら感じている多層な感情とも連結している。言語化できないことを自覚しつつ、それでも思考を溶かすことをせず、どこにもたどり着けなくなり、ねじれの位置に迷子のように漂っている人間同士の繋がりの曖昧さを記憶しておくことが、僕の義務だった。

運動場ではラジオ体操以外にも、忘れられない出来事が起きた。親父と二人で右手に運動場を見ながら砂利道を歩いていたときのことだ。運動場には一棟のテントが立っている。運動会などで使われるあの白いテントだ。運動場にはぱらぱらと人がいる。大人だけでなく子どももいた。そのときである。突然、運動場が揺れた。地震ではなかった。運動場という人工的な世界がぐらっと揺れると、倒れることなど永遠にないと思い込んでいた白いテントの、細い六本の支柱がねじ曲がるように揺れた。運動場の表面に敷かれた土や砂や小石が小刻みに動く。僕の目には運動場が海のように映った。やがて運動場という大きな海は渦潮となって回転を始めた。大人である親父が興奮するほど、巨大な竜巻が起こった。竜巻が、海から勢いよく飛び出す龍に見えた。同じぐらいの年頃の子どもが逃げまどっているのにもかかわらず、僕には龍が悪者を退治しているようにも見えていた。白いテントは大きく揺れ、鉄製のパイプの梁《はり》に縛られていた白い幕が剝《は》がされ、ねじれながら吹き飛んでいった。残された鉄製の組立式パイプも、マッチでできた構造物のようにぺたんと崩れた。大人たちが子どもたちを助けようと必死だった。恐ろしい光景なのに、僕は笑っていた。頬がゆるみっぱなしだった。じつに愉快で爽快じゃないか。映画『オズの魔法使い』のドロシーの家みたいに、竜巻に巻き込まれてどこへでも飛んでいってしまえばいい。たかだか数年しか人生を体験していない僕は、大昔に人間がいた場所のことを想い、そこで生きる動物のことを考えていた。

電電公社の社宅では竜巻がよく起こっていた。運動場で目の当たりにしたような巨大な竜巻は珍しかったが、裏庭などで遊んでいるときにはよく、つむじ風のような小型の竜巻を目撃した。僕はその竜巻を自分の力で巻き起こしたものと思い込んでいた。竜巻を起こすことは、僕にとってそれほど困難なことではなかった。眉間に力を入れ、その力を外ではなく、からだの内奥へと注入していく。すると体内で渦が巻き起こる。その瞬間、風が吹き、竜巻が現れる。しかし、竜巻は、熊本へ転校した九歳以降の安定した記憶の中には存在しない。

僕は今、左手を母ちゃんの右手に握られながら幼稚園に向かっている。しんと静まった運動場を眺めながら。いつかまたこの無人の運動場に僕はくるだろう。ラジオ体操をするために集まり、それぞれの棟に分かれて並び、それぞれの棟の小さな差異に興奮し、頼もしい仲間たちのそれぞれの技、性格、匂い、格好、振る舞いを感じつつ、集団でいることの安心と不思議さを感じた夏の記憶の図像を、僕は目の奥の舞台上に浮かび上がらせる。母ちゃんはそんな竜巻と集団の幻には惑わされることなく、まっすぐに歩いている。運動場が僕から少しずつ離れていく。

六　プール

(一) 十一棟

緑が徐々に僕の目に染み込んでくる。伸びきった植物が、電電公社の世界から抜けたことを意味していた。自然の穏やかさへ移行した安堵と同時に、心細さも感じている。電電公社という、永遠に続くのではないかと四歳の僕にもからだで感じさせるほどの安定した集落から、誰のものでもない外の世界へと今、飛び出そうとしている。それは電電公社以外の部族もこの新宮には暮らしており、それぞれの集落を形成しているという可能性を示唆していた。この電電公社の団地だけが世界ではないという事実は、さらに自分が認識しなくてはならない空間や物質が他にも存在していることを意味しており、そのことは四歳の自分の許容量を超えた出来事のようにも思えた。それでも母ちゃんは僕の左手を前方へと引っ張っていく。外に出ろという意志を僕に伝えている。

運動場があった右側ではすでに新しい世界が、別次元の宇宙が始まっていたが、左側には先ほど猿を見た林がまだ続いている。つまり、左側では電電公社という部族の領土がまだ続いているようだ。重なり合う樹木の先に道が続き、白い建造物が見える。それがいったいなんであるかを四歳の僕はすでに知っている。どこか運動場とも関連があるようでいて、擬似的な自然を演出してもいるその建築は、真っ白いペンキで塗られたコンクリート製のプールだ。

プールは、運動場のずっと奥に林立する松林を抜けた先の砂浜から見える玄界灘の模型のようにも思えた。海があるのに、どうしてプールをつくる必要があるのかが、僕にはわかっていない。坂口家の子どもは基本的にはプールを利用し、海には親に連れられてときどき入るだけだった。しかし僕は海のほうが好きだった。海は潮の香りがした。プールの生乾きのような臭《にお》い、かつそれを打ち消すような消毒薬の臭いが嫌いだった。プールの水は清潔なふりをした臭さを持っている。プールの透明な水はいつも固い緊張感を含んでいて、信用することができなかった。コンクリートの箱に突然水が現れても、僕にはそれが自分の知っている水と同じだとは思えなかった。人間が水に触れるとき、そこには土や草や石が共存しているはずなのだ。

プールにはたくさんの友達が一緒に泳いでいたが、僕の唯一信頼する友人であるタカちゃんはいなかった。荒削りで、破天荒で、僕の母ちゃんからはあまり好まれていなかったタカちゃん。トカゲやクモやカマキリやアリやダンゴムシを飼い、電電公社中に散らばる自然の欠片《かけら》をドラゴンボールのように集めていたタカちゃんは、プールではなく、海の中にいた。当然のようにタカちゃんは海が好きだった。

プールには運動場との共通点があった。夏休みの期間中に運動場でラジオ体操に参加するとボール紙でつくられたカレンダー式カードの日付に青や赤や黄色の小さな丸シールを一つ貼ってもらえるのだが、プールに入ったときも同じようにシールを貼ってもらえた。僕は首からぶら提げたそのカードをシールで埋めることに必死になっていた。寝坊してラジオ体操を休んでしまったときには、一日中落ち込み、どうにかその空欄の穴を埋めることができないかと身もだえ、犯してしまったミスが永遠に修正がきかないことを知ると心の底から絶望した。しかしタカちゃんのカードは、虫がむしゃむしゃ食べてしまってところどころ穴の空いた葉っぱのように空白だらけだった。その空白だらけのカードを首から堂々と提げているタカちゃんを見て、ピースの足りないジグソーパズルのような不安定さに落ち込んでいた僕は少しだけ落ち着くことができた。それはタカちゃんが心の支えになったというよりは、自分よりもだめな人がいることを知った安心感だった。その安心感についてタカちゃんはまったく気づいていないように見えることが、さらに僕を安堵させた。

僕は自分の考え方が狡猾《こうかつ》であることを知っていた。それでもタカちゃんは常に素直に接してくれている。タカちゃんは不可解なほど余裕だった。僕はタカちゃんの本当の姿を知らないのかもしれない。夜空に瞬く星のごとくシールがぽつぽつとちりばめられたカードをぶら提げたタカちゃんが、僕には人間とは違う生物に見えている。未知の野生動物であるタカちゃんを、僕は自分の安定のために利用していた。子どものからだを借りている僕は、その疑念に危機を感じ、突然、おどけてみせる。タカちゃんへの狡猾な思いは、ただの同級生への仲のよさへと変化していく。その変化をまた別の自分が記録している。悪意はちゃんと確認されている。だが、タカちゃんは本当に自然児なのだろうか。むしろタカちゃんこそが僕の認識状態を検査するためのテスターである、という可能性もゼロではない。

僕は大人に言われるままに、いやむしろ大人に言われなくても実行していたはずの積極性をもってプールに通っていた。タカちゃんと遊ぶのも楽しいが、じつは僕はプールに集う人間たちの戯れも嫌いではなかった。しかし僕は、タカちゃんの前ではプールの話をしなかった。タカちゃんと遊ぶとき、世界にはプール自体が存在していなかった。僕は世界をもう一つつくってしまったのだ。タカちゃんの知らないほうの世界にはプールが存在する。電電公社が設計し、建設し、電電公社の子どもしか入れないプール。のちに出会うことになる他の集落に住んでいる友達からもうらやましがられたその新しいプールには、タカちゃんの知らない僕が存在している。

プールに入るには許可証が必要だった。僕の許可証は親父が所持していた。電電公社の親父の社員番号NSZQRHSの記載された社員証がそのままプールへの許可証となった。タカちゃんはプールが嫌いなだけでなく、許可証を持つ両親と一緒にいることが少なかったので、そもそもプールに入れなかったのだ。

タカちゃんの家である山本家が家族全員でいるところを僕は見たことがない。タカちゃんの父親の顔も覚えていない。タカちゃんには兄がいたが、その兄がタカちゃんと一緒に遊んでいる姿もほとんど見かけたことがなかった。タカちゃんとタカちゃんの母親が一緒に外出している姿を見たのも数回だけだ。いつもタカちゃんの母親は家の中にいた。

僕とタカちゃんの住む一一四一と一一一四はほぼまったく同じ設計で、ちょうどその平面図は鏡の間のように反転した構成になっている。しかしタカちゃんの家に遊びに行くと、それがウチと同じ構成の家だとは信じられなかった。タカちゃんの家には仏壇や線香、旧式の炬燵《こたつ》など、古い家の匂いと空気が充満していた。タカちゃんの寝ていたベッドは、団地に一番近い酒屋、長崎屋からもらってきた麒麟《きりん》の絵柄が描かれた赤いプラスティック製のビールケースを縦に五個、横に三個、計十五個を並べた土台の上に布団を敷いてつくられていた。タカちゃんの部屋に遊びに行くと、僕はいつもそのベッドに座った。タカちゃんは自分の大事な聖域を、訪問者を歓待するための寝椅子として僕に与えてくれたのだ。ベッドを持たない僕は、嫉妬を覚えた。いつの日か自分も個室を持ってかならずベッドを置くんだと誓った。

蛍光灯の光が冷たいタカちゃんの家は、常に少し暗かった。一方、僕の家のリビングルームには白熱灯が温かさの象徴として灯っていた。その温かさはタカちゃんの家にはないものだった。一階と四階の違いもあったかもしれない。光が燦々《さんさん》と入り込む四階の家を僕は気に入っていた。その光は、タカちゃんの家である一一一四には差し込んでいない。

僕の家には白いレースのカーテンがかかっていた。おそらくそれは母ちゃんの好みだ。今でも実家のマンションのガラス窓にはどこそこで買ってきたという母ちゃん自慢の、編み目の丁寧な白いレースのカーテンがかかっている。しかしタカちゃんの家にはレースのカーテンがないので、昼間にカーテンを開けると、部屋の中が外から丸見えだった。だからタカちゃんの家ではカーテンを全開にすることはなく、開き具合によって明るさを調整していた。タカちゃんはまったく気にせずカーテンを全開にするので、いつも母親に怒られていた。このカーテンの開け閉めによって明るさを調整する行為を、僕とタカちゃんは遊びと捉えていた。さまざまな遊びを発明した。昼間からずっとカーテンを閉めておき、夜になって開けたときの瞬間移動のような時間の変容に、僕らは興奮した。僕とタカちゃんはどうやったら団地が持つ退屈さから抜け出せるかをいつも試行錯誤していた。

タカちゃんの家の暗さは秘密基地を連想させた。一階なので、ベランダからそのまま出入りすることができたのだ。一一一四という部屋番号を持つ山本家の、タカちゃんの子ども部屋に設置されたベランダと繋がるガラス戸は、僕にとって別世界への入り口だった。タカちゃんの家はまさに洞窟だ。僕は自宅に一人でいるとき、いつもこの洞窟が恋しくなった。自分の家では体験したことのない、古い時代を引きずっている薄暗さがタカちゃんの家には漂っている。しかし母ちゃんは、僕がタカちゃんの家に遊びに行くことを少し嫌がっているように見えた。山本家と私たち坂口家は違う種族なのだと母ちゃんは感じているようだった。

坂口家はいつも一緒だ。一つの塊にさえ思えた。避難所として完璧な機能を備えていた。しかし、僕は山本家の持つ翳《かげ》にも惹かれている。祠《ほこら》のように、遠い昔を思い起こさせられた。忍者ハットリくんのエプロンを巻き、サラリーマンのアタッシュケースのような黒い四角のカバンに筆と硯《すずり》と文鎮と書道用下敷と墨と和紙を入れてさっそうと団地を駆け抜けるタカちゃんは、山里で修行をした忍者が穴丑《あなうし》として町に忍び込んでいるようで、とてもかっこよかった。両親のどちらかが電電公社の社員証を持っていないと入れないプールに、タカちゃんは入らなかった。いやそんなはずはないと思いながら、もしかしたらタカちゃんの父親は電電公社で働いていなかったのかもしれないとさえ感じ始めている。一度、プールに入りながら、まわりを囲んでいる鉄製ネットの外側にタカちゃんを見たことがある。十一棟では一緒だったタカちゃんが、別種族の人間に見えた。少し後ろめたくなった僕は、タカちゃんに呼びかけ、手を振り、こんど一緒に海へ行こうと誘った。

（二）クラブハウス

イ　建築

親父と母ちゃんと僕と弟と妹の五人家族の坂口家は、その五角形でしか生み出すことのできない湧き出る泉のような幸福さえあれば、これからどんなことがあろうとも大丈夫なような気がしていた。みんなで協力すればどんな苦難にも立ち向かえる。しかし、そういった強度のある幸福は、同時になぜか坂口家のみんなが胸の内に仕舞っておこうと決めた秘密でもあった。僕もその隠蔽《いんぺい》行為に同意し、自分でも見えない隠し金庫をつくり、その中に仕舞った。ときたま鍵を開けると家族五人、「ぶはっはっ」というそこらにある楽器ではなかなか鳴らせない音としてアラジンの魔法のランプのように幸福を吹き出した。

プールは電電公社の集落から少し離れたところにあった。その新しさが僕は誇らしかった。誇らしさは僕ではない誰かからにじみ出ているものだが、僕にはそれが誰によるものなのかはわかっていない。ともかくまるで自分にとっての誇らしさであるかのように錯覚しているのだった。

僕には二種類の幸福があった。家族という集団が自然と生み出す幸福と、匿名の誰かによる誇らしさを自分のものと錯覚して感じている幸福。

プールの先に僕のような者は入ってはならないと足を止めさせる領域があった。その禁止は親父の置かれている地位から生じている。親父は電電公社という部族の中で、それほど上位にいる人間ではないことに僕は気づいていた。

「クラブハウス」と呼ばれるその建築は、僕の住む十一棟とはまったく違う形式の設計が施されていた。中学生になり、熊本県立美術館を初めて見たとき、僕は即座にこのクラブハウスを思い出した。熊本県立美術館の設計は前川國男《くにお》。彼のことは高校生のときに、母ちゃんの親友、吉村さんの知り合いである斉藤祐子さんが書いた『吉阪隆正の方法』という本で知った。彼は吉阪隆正《よしざかたかまさ》と同じくパリへ飛び、近代建築の三大巨匠の一人であり、しかものちに僕が高校時代に彼が設計した建築を模写することになる建築家ル・コルビュジエの、日本に三人しかいない弟子のうちの一人だった。

クラブハウスは、僕が初めて出会った、人間が意匠を凝らし、抑制を効かせて設計、施工された建築だった。電電公社団地の敷地内にあるが、そこには結界が張られている。クラブハウスの前には曲線を描いた道があり、その両脇に色の濃い植物が配置されている。それも均等にではなく不連続に並べることでさらに緻密に自然を模しているような植物群が、クラブハウスはまったく違う地位の人間が利用する世界であることを僕に伝えてくる。そんな煉瓦造りで平屋建ての洒落《しゃれ》た雰囲気を持つクラブハウスの自動ドアの奥になぜか僕がいる。たしかに僕はそのとき、クラブハウスの中にいた。

ロ　二尋の深み

電電公社団地の新築された十一棟から二十棟までは電電公社の新プロジェクトのために配属された社員の家族が住んでいる。僕の家族もそうだった。親父はくじ引きの結果、新社宅群の総合寮長となり、プールの落成式にも電電公社の幹部たちとともに参列していた。そんな親父でさえも、クラブハウスの中には一度も入ったことがなかった。

なぜ僕はクラブハウスに入れたのか。別に忍術を使ったわけじゃない。もちろん妄想でもない。

僕は親父と二人でプールにやってきていた。新宮から送迎バスで二十分ほどのところにある香椎《かしい》という町のダイエー七階にあるイトマンスイミングスクールに幼稚園の年中の頃から弟とともに通っていたおかげで泳ぐことのできた僕は、電電公社のプールでも一人で泳ぎ回っていた。少しだけ怖かったのは、電電公社のプールがイトマンスイミングスクールのプールよりも水深が異常に深いということだった。プールサイド周辺は浅いのだが、中央に行くに従って少しずつ深くなっている。水中眼鏡越しに見るプールの中央周辺は、深海のようだった。しかし、自分が大きくなったらそこを怖くなくなるのかもしれないという未来の自分の勇敢さを先取りしてしまった僕は、プールの中央へと泳いでいった。真ん中の底には排水口があり、一見、平然としている透明な水はおそらく渦巻いている。僕はその渦を目指していた。誰も深海にブラックホールがあることなど気づいていない。水面に近いところで泳ぐ人々の足を水中で見ながら、僕は渦の中心に向かい手と足に力を入れ、さらに深く潜ろうとした。

そのとき、プールの底を水族館で見たエイのような影が横切った。実際には影ではなく、潜水している真っ黒な水着の人間だった。その肉体はまるで海中を偵察している潜水艦のようだった。楽しそうに遊ぶ子どもや親たちとはまったく違う容姿をしている彼は、とても同じ集落に住む人間とは思えなかった。団地に住んでいる人間ではないであろう彼が、なぜこのプールで泳げているのか。黒い男は水面上の人間たちがあたかもないことにして無視している排水口の周辺をパトロールする偵察船のように泳いでいる。プールという人工的な構築物の中に溜められた消毒水の集合は、その男の潜水によって、海そのものへと変化していく。さらにあってはならないことが起きた。壁でターンをした偵察船は、こちらに向かってくるときにプールで唯一、その行動に気づいていた僕を黒色の水中眼鏡から発するサーチライトで照らし、見てはいけないものを見てしまった漁師として認識したのだった。偵察船は僕を捕らえるために猛スピードで向かってきた。僕は、水面上を無邪気に泳ぐ親子の風景と、深海で起きている恐怖の間に挟まれ、逃げることができない。近づくにつれ偵察船は巨漢の男へと正体を現し、僕に襲いかかった。足を摑まれた僕は、一番恐れていたプールの最深部へと引っ張られた。殺されるかもしれない。この男はやはり人間ではない。獰猛《どうもう》な獣なのだ。黒い水中眼鏡をはめ、真っ黒な水着を着た巨漢は、笑いながら僕を排水口へと引きずり込んでいく。

八　海坊主

何とか逃れるためにもがくのだが、男は笑いながら僕の足を引っ張る。息ができない。これが溺れるということか。これが死ぬということか。諦めに似た感情が襲ってくる。もうだめだ。そう思った瞬間、捕獲されていた獣の手は脱力し、僕のからだは浮かんだ。水面に顔を出した僕は急いでプールサイドへと向かう。

「面白かったか?」

後をついてきた男は、黒い水中眼鏡を上げて目を見せた。水滴のついた肌は日焼けし、浅黒く光っている。どうやら男は僕を殺そうとしていたわけではないようだ。むしろひょうきんな顔を見せる男に対して、僕は奇妙な親しみすら覚えた。彼は中学三年生ぐらいに見える。僕は彼を、巨漢でも、偵察船でもなく、密かに「海坊主」と名づけた。一度、本人に向かって海坊主と呼んでしまい、叩かれたことがある。つまり僕と海坊主は仲よくなった。家族とも、学校とも、団地とも関係のない人間同士として。それは僕にとって初めての関係だった。集落になじまない海坊主の姿に「警戒しろ」という信号も受け取っていたが、その警戒は松林の手前の鉄条網と似た二重の意味を持つ装置に見えた。獣のような獰猛さと、いたずら小僧のような親しみの矛盾した同居に、僕は人間の自然な姿を見た。海坊主の世界には鉄条網は存在しない。かわりに好きなことを好きなだけやる、という湿り気のない風が吹いている。初めて野生の鹿に会ったような、元々、違う部族同士が接するときに生物が本能的に感じるであろう、警戒と喜びの感情が僕の中に浮かび上がっている。

プールサイドで海坊主と話していると、後から親父が「あいつは誰だ」と聞いてきた。「プールの底から僕の足を引っ張って溺れさせたりする人だよ」と冗談まじりに答えると、親父は当然、「そんな危ない人とは付き合わないほうがいいよ」と言った。母ちゃんには存在すら知らせなかった。海坊主の曖昧な存在を説明するのは難しかった。特定の集団の中だけで成立する幸福の塊を隠しつつも共有し合っている家族とは相容れない、まったく別種の動物同士の出会いなのだ。その細部を説明したいと思うのだが、僕はその術を知らない。しかし、外部に伝える技術がないだけで、その細かな感情の揺れ動きや、差異をしっかり知覚している。家族という安定した空間はそこにいるだけで十分な満足感を与えてくれるが、むしろ僕は海坊主との出会いのような瞬間に惹かれていた。家族には内緒にしなくてはならない、もう一つの世界がそこにあった。外へ向かう、未知の他者と出会う、野生の動物と出会う。そのような行為を知り、本当の故郷とは家族ではないのかもしれないという予感が生まれた。海坊主との会話の中にこそ、故郷の存在が潜んでいた。

海坊主は新宮に住んでいるのだろうか。それすらもわからない。少なくとも冬には新宮にいなかった。いたのかもしれないが、出会わなかった。プールに入っているということは、電電公社の社員の家族であることは間違いないだろう。親父に聞くと、新宮の電電公社には東京や大阪から偉い人たちがときどきやってくるという。彼らが宿泊したり、くつろいだりする場所がクラブハウスだったのだ。総合寮長である親父ですら入れないクラブハウスに、なぜか海坊主は出入りしていた。彼は夏になるとどこからかやってくる。保養目的でやってくる電電公社の役員の息子なのかもしれない。彼は退屈しのぎに、電電公社の平社員の子どもたちが泳ぐプールを潜水し、監視していたのだろうか。

海坊主は僕とは違う生活基準を持っているような香りを漂わせていた。電電公社の団地で暮らす子どもたちとは違うものを身につけている。海坊主の水中眼鏡や水着は競技用の製品だった。その装飾の少ない漆黒さに僕は憧れた。僕ら二人の関係は、家族だけでなく、電電公社の仲間たちでさえ誰も知らなかった。言っても伝わらなかった。

僕は海坊主に誘われ、煉瓦造りのクラブハウスの中に入った。広い玄関に分厚いマット、落ち着いた雰囲気のロビー。僕は海坊主だけでなく、クラブハウスという建築にも惹かれている。自分もこのような豊かな場所に出入りできる偉い人の子どもに生まれてきたかった。僕は、海坊主の招待によって実現した一時の幸福と、置いてある調度品一つ一つからにじみ出てくる豊かさを、「クラブハウスを使える地位の父親を持つ息子」という勝手につくり出した幻想の自分としてからだ全身で感じている。

二　撞球場

海坊主は僕を「ビリヤード場」と呼ばれる部屋に案内した。異国のような部屋だ。きっとタカちゃんをここに連れてきても、彼はすぐに海のほうが楽しいと言って出ていきたがるだろう。親父もあまり好きじゃないと思う。だが、質の高いものが好きな母ちゃんは気に入るかもしれない。昼間なのに白熱灯の橙《だいだい》色が妖《あや》しく光るこの部屋に母ちゃんを連れてきたいなあと思いながら、海坊主の顔を見た。しかし母ちゃんはこの男とは付き合ってはいけないと言うだろう。結論は見えている。この場所は僕だけが体験すればいい。それでも頭の中では、ビリヤード場に母親といた。僕の思考によって生じているもう一つの世界における母ちゃんは「この人と付き合ってはいけない」といった注意や警告をしない。海坊主との二人だけの撞球場に、もう一つ、僕のつくり上げたうっすら揺れ動く撞球場が重なり輪郭線がぼやける。海坊主はもしかしたらタカちゃんなのかもしれない、という思考も浮かび上がる。からだが停止している僕を気にすることなく、海坊主は慣れ親しんだ空間を軽い足取りで動き回っている。

　部屋には数台のビリヤードテーブルが置いてある。床にはビロードのような素材の青色の絨毯が敷かれている。背筋がぴんと伸びるような場所だ。壁にはキューと呼ばれる棒状の道具が美しく並べられている。仮漆《ニス》が塗られてピカピカに輝いているキューは、一本一本に違う柄の模様が描かれている。この場所が新宮に存在していることが信じられないほど、僕の暮らす集落の世界観とはかけ離れた美意識によって満たされた空間だった。海坊主はこの空間に魅了されている僕をほうっておいてくれている。彼は壁にかけてあるキューを一本手に取ると、手慣れた様子で布を使い、上から下まで入念に拭いた。僕はビリヤードテーブルの上にぶらさがっている電灯の笠に描かれた植物の模様が、僕の家、つまり一一四一号室の居間の家具に描かれている模様と似ていることに気づく。そのことを誰かに伝えたくなり、ピントをずらしもう一つの撞球場にいる母親に囁《ささや》く。海坊主は一人で玉撞《たまつ》き遊びを始めている。よく観察してみれば、自分とかけ離れているように思えた撞球場に置いてある調度品には、見覚えのあるものがいくつかあった。僕の意識は、クラブハウスにいながら、一一四一号室へと飛ぶ。なんの変哲もないと思われた僕の家にも誰かの手による建築的造作が施されているのだということを他者が息づく空間を体験することによって知覚したその瞬間、なにかが割れたような大きな音が鳴った。ビリヤードの玉同士が弾《はじ》け、反発しながら濃い緑色のテーブルの上を転がっている。

ホ　調度品

僕は自分の家を平均的な家庭だと認識していたが、どういうわけか調度品だけは他の家と少し違っていることに勘づいていた。他人の家から帰ってくるたびに、自分の家の調度品やインテリア全体を眺め、比較するようになった。調度品を購入しているのは母ちゃんである。親父も調度品への誇りを持ってはいたが、それは自分にではなく、母ちゃんの審美眼への高い信頼、つまり母ちゃんへの誇りだった。

調度品の中でも「北海道家具」「籐《とう》の寝椅子」が母ちゃんのお気に入りだった。親父も母ちゃんに影響されて「北海道家具」という単語を使用していた。北海道家具は硬い質感の木に黒に近い色が塗られ、子どもの目にもそれが高価なものであることは容易にわかった。観音開きのガラス戸がついた一・八メートルほどの本棚と、戸板を開くとそのまま机の天板に変化する書斎机という二つの北海道家具がある。どちらも坂口家では子どもたちが落書きをしたり傷つけたりしてはいけないものとして認定されており、当然ながら僕もそれに従った。書斎机のことを両親はビューローと呼んでいた。僕はその響きにビロードと似た印象を持ち、行ったことはない欧州の匂いを嗅いだ。ビューローという欧州風の音と北海道産の民芸という二つの文化要素が絡み合うことで、書斎机は僕にとって机というよりも部屋のような立体的な感覚で捉えられた。いつかこういう机でなにかを書いてみたいと思った。

ある日、新聞の余白に落書きするのが趣味というか癖である親父が、僕に明朝体のレタリングの仕方を教えてくれた。それ以来、僕は新聞を読んでは好きな活字を見つけて模写をした。その作業を、ときどき親父の許可を得てビューローで行った。ビューローを使うには許可が必要だった。その厳粛な空気は、両親からではなく、ビューローそのものから立ち上がっている。僕にとって公式な作業、つまり大事に文字を書く必要があるとき、僕はビューローの前に座ることができた。僕にとって、机と人間が一体化して行う「書く」という行為は、このビューローでの体験から始まった。人に見せる文字を書くとき、僕はビューローに座ることを許されたのだ。

籐家具のことは母ちゃんは「トウ」と呼んでいた。その音も好きだった。一方、僕は「籐の寝椅子」のことを「ベッド」と呼んでいた。大人にとっては寝椅子、ソファだったかもしれないが、背もたれのところが籐製で座面はクッションだったので、僕にはベッドに見えたのだ。

坂口家は毎晩、八畳間に布団を三つ敷き、川の字になって寝ていたが、僕はベッドに憧れていた。一人部屋がほしかった。タカちゃんは暗い部屋ではあるが、一人部屋とビールケース製のベッドをすでに獲得している。僕もなんとか状況を変えたいと思い、ある日、籐の寝椅子に布団を持ち込みベッドに見立てて寝ようと試みた。しかし、ベッドがつくり出している、一人用コクピットのような空間の感覚が、僕の脳味噌を強く刺激し、眠ることができなかった。その夜、けっきょく僕は布団に戻り、親の横で寝た。

寝椅子の座面のクッションに描かれた植物の刺繍柄が、クラブハウスのビリヤードテーブルの頭上の電灯の笠の柄と似ていた。濃い色の木は質が高いことをクラブハウスと自宅を重ねることで理解した。花柄よりも植物のツルの柄のほうが趣味がよいということも。それぞれ交わることのない二つの空間を知っている僕は、クラブハウスの中に両親と弟と妹と一緒にいることを想像する。しかし現実には彼らの頭の中にはクラブハウスは存在していない。僕は自分の家が少しだけ変化していることに気づく。しかし家族は普段通りに生活している。僕は眩暈《めまい》を起こし、不安になり、再び頭蓋骨の中のドアを開き、クラブハウスの中に入っていく。秘密をすべて吐き出して理解し合っている家族をつくり出し、そこにいる母ちゃんに今日、体験したさまざまな調度品の意匠の素晴らしさを熱っぽく語った。

七　ドブ川

　プールとクラブハウスという電電公社が新しく獲得した領土に建てられた建築群を抜けると、そこで左手側に見えていた林は終わる。ここから電電公社部族にとって外界が始まっていることを示すように足下の砂利道も再びアスファルトへと切り替わる。そのアスファルトは十一棟の前に敷かれていた新品の絨毯のようなものではなく、使い古され、色あせていた。電電公社の団地という新しい集落の砂利道と、新宮に昔からあるくたびれたアスファルトは二メートルほどの小さなコンクリート製の橋で繋がっている。僕と母ちゃんはその橋を渡る。

　橋から下を眺めると川底の見えないドブ川が流れている。水は濁っており、ゴミも捨てられている。歩いてきた砂利道の両端にある排水溝はこのドブ川へと繋がっている。つまりドブ川の水は電電公社の団地から流れてきているのだ。一つ一つの家から流れ出る排水がそこを通り、僕と母ちゃんが歩いてきた砂利道の下を流れていく。ドブ川の水面にはところどころ油のようなものやシャボン玉のような泡が見える。

自然そのものではなく、かといって完全な人工物でもない曖昧な存在のドブ川は、僕が置かれている状況と似ている気がした。すべてが止まっているように整理され配置されている団地内の要素とは違い、ドブ川の水は動いている。しかし、汚水はすぐトンネルへと消えていく。消えるまでの一瞬だけ垣間見える、地面の下に流れる水の存在に僕は興味を持った。水の存在というよりも水の移動に、と言ったほうがいいかもしれない。トンネルの先はどうなっているのだろう？　地下で轟々と流れている水の世界は、僕の住んでいる世界よりも変化に富んでいるように思えた。ドブ川はプールとは違い底が見えないほど濁っていたが、運動としては淀んでいなかった。ドブ川は、自分の不自然さを自覚させ、本来あるべき姿の見本となった。

　ドブ川はプールに行かないタカちゃんとの大事な遊び場でもあった。タカちゃんは海坊主のことも、プールの中のことも知らない。しかし、ドブ川ではタカちゃんが首長《しゅちょう》だった。タカちゃんは自然を熟知していた。虫や魚の名前を知り、植物を駆使して道具をつくることが得意だった。一方、僕には、奇妙な冒険を始めようとけしかける瞬発力や企画力があった。

「僕らの家から流れ出たこのドブ川は、もしかしたら海に繋がっているのではないか？」

　ある日、僕はこの仮説を確かめるべく、ただちに行動に移すことを提案した。こういうときタカちゃんは、いつも否定せず、しかし無茶な行為をするでもなく、どうすれば実現するかという具体的な対策を考えてくれる。ドブ川の謎に突き当たった僕とタカちゃんは、冒険の筋として、まずはいったん家に戻り、道具を揃えてくることにした。童話『エルマーのぼうけん』でエルマーは年老いた猫から冒険に必要な道具を教えてもらう。ジャックナイフ、輪ゴム一箱、ゴム長靴、磁石、ヘアブラシ、色の違った七本のリボン、桃色の棒付きキャンディー二ダース、チューインガム、ピーナッツバターとジェリーのサンドウィッチ二十五個、林檎を五個。それにならって僕たちは道具を三つ用意した。長靴と懐中電灯とロッテのブルーベリーガム。準備が整った僕とタカちゃんは、当然のことながら親には伝えずにドブ川の出発地点である十一棟の前の砂利道に集合した。

砂利道の開始地点の脇から始まる排水溝にはめこまれた格子状の鉄製のふたは、鍵が掛けられているわけでもなく、格子の間に両手の指を入れ、力を入れて引っこ抜くと簡単に外すことができた。一寸先は闇かと思われたが、排水溝の隙間から、光が差し込んでいる。光は黒い水面を等間隔に照らしていた。長靴で水の中に踏み入ると、予想していたよりも水深は浅い。覚悟を決めた僕らは、懐中電灯のスイッチを押し、大人にばれないように鉄製のふたを閉め、ドブ川の冒険を始めた。

「恭くん！　ガガンボに気をつけて」

ガガンボとは足の長い蚊のような巨大な昆虫だ。タカちゃんはありとあらゆる虫を把握している。同い年なのに僕とはまったく違う人生を歩んでいるタカちゃんと暗闇を歩く。僕一人だったら怖くてなにもできないけれど、タカちゃんといれば僕も起爆剤としての職能を存分に発揮できる。タカちゃんと僕とが一緒に遊ぶことで幕を開ける二人劇の舞台では、普段は虫のことなどほとんど知らないまま通り過ぎてしまう僕の視覚も変容した。僕はガガンボを巨大な偵察機のように捉えていた。ガガンボに見つからないように身をかがめて歩いていく。

「ガガンボに刺されたらたまったもんじゃないよ。蚊に食われたときよりもかゆくなる」

タカちゃんはそう言うと暗闇に懐中電灯の光線を放ち、ガガンボを発見しては僕に逃げるように指示した。彼は怖くないのだろうか。タカちゃんは頼りになる男だが、同時に僕の自信を失わせる存在でもあった。揺れ動く思考によって停滞する僕の先には、懐中電灯というレーダーを駆使し、暗闇の中で偵察機を発見しようと必死になるタカちゃんの姿がある。

水面上に長靴が当たって生み出される水の音楽がドーンという砲撃の音にも、気持ちを和らげる治癒の音にも聞こえる。興奮したタカちゃんは、冒険物語の主人公というよりはジャングルの狩猟民のようだ。僕の中では恐怖心を起点にした複眼的な思考が発動しており、冒険に集中できない。もっと言うと、すでに僕は家に帰りたくなっていた。それでもジャングル育ちのタカちゃんが発見してくれるガガンボを避けながら、どうにかこうにか砂利道の下を流れる排水溝の旅を続けている。僕はタカちゃんの背中にぴたっとくっつき、特攻隊長が切り拓く暗闇の中を、ときどき上方の隙間から覗く外の世界に憧れながら進む。家から幼稚園へと向かうなんでもない道は、じつは砂利道と排水溝という二層構造になっていた。冒険を終えて、家に帰り、温かい夕食を家族と一緒に食べるのだ、という未来の約束が、僕の不安な気持ちをぎりぎりのところで支えていた。

しばらく進むと目の前が完全な暗闇となった。砂利道の真下にいるのだろうか。暗闇の中でガガンボ偵察機を発見するためのレーダーが効果を失い、方向感覚を失い、上下左右も判別できなくなった。恐怖の中、僕とタカちゃんはふと歌をうたった。

「コーバヤーン、コーバヤヤヤヤーン！」

僕のつくった「コバヤン」という歌だ。タカちゃんもこの歌を気に入っていた。コバヤンの歌は暗闇で鳴り響き、その反響音は二人のためのバリアとして作用した。歌は恐怖心と戦うための重要な道具だ。コバヤンへの愛着よりも、どちらかというとコバヤンを小馬鹿にした視点を持つふざけた歌だったが、暗闇では盾として機能した。ふざけた歌に含まれる笑いが、僕らから恐怖を一瞬、遠のかせた。歌の反響が止むと、すぐにまた怖くなる。再びコバヤンの歌を暗闇にぶつける。その繰り返しの中で、歌に合わせた二人の舞までが生まれ、ガンボ偵察機の恐怖は消え去った。奥に光が見える。水に濡れることや長靴が脱げることを厭《いと》うよりも、光と触れ合いたい感情が勝っていた僕らは、コバヤンソングの盾を空中に投げ捨て、光のあるほうへと走っていった。

トンネルを抜けるといつも橋の上から眺めていたドブ川に出た。いつもは見下ろしていたドブ川から、世界を見上げた。同じ空間であるはずなのに、橋の下から見る風景は新鮮だった。空間は別の角度、別の高さから見るだけで、変貌するのだと知った。

「なんね、恭くんとタカちゃんたい」

上から声が聞こえてきた。新宮町立新宮小学校一年二組の同級生、吉村と田村だ。彼らは電電公社集落とはまた別の、線路を挟んで分け隔てられている古くからの集落に暮らしていた。僕とタカちゃんはときどき彼らの集落に潜入し、ファミコンで一緒に遊んだ。

吉村と田村は橋のガードレールに肘をつきながら、僕とタカちゃんを見下ろしている。なぜ彼らがそこにいたのかというと、橋の後ろ側に巨大なペンペン草の生えた空き地があったからだ。僕らはよくそこで一緒に遊んだ。空き地は三つの集落が交差する地点にあり、交易の場であった。吉村と田村はそこで誰かと遊ぶ約束をしているらしい。爪上げだろうか。箱鬼だろうか。普段であれば僕とタカちゃんは問答無用で一緒に遊ぶところだが、今は冒険の途中である。しかもこれまで体験したことのない危険と隣り合わせの状態だ。仲間が必要であると感じた僕は、彼らにこの冒険が面白いものであることを伝えようと思い、こちらから見える風景がいかにすごいかを力説した。しかし二人は乗ってこない。そこで、ドブ川の河岸に置いてある発泡スチロールの箱を見つけた僕は、それを持って叫んだ。

「これは船になる！」

フライング気味に新たな物語を生み出そうとしている僕を見て、タカちゃんが素早く動いた。

「恭くん乗りな！　オレが支えるから！」

僕は少しおびえながらも、橋の上の二人へのアピールを欠かさず、発泡スチロール製の船に飛び乗った。船は一瞬、深く沈んだが、それでもぎりぎりのところで浮いた。

「おー、船だ！　すごい！　すごい！」

タカちゃんは叫びながら、船が流れないように両手でしっかりと発泡スチロールを摑んでいる。ドブ川の主流は排水溝よりも格段と深くなっていた。吉村と田村を誘い込むために、僕は発泡スチロールの上で船長として振る舞う。マーク・トウェインの描く、冒険野郎で少々荒削りなところもあるアメリカの少年みたいなそばかす顔の人間を演じた。先にはさらなるトンネルが見えている。

入り口の穴は先ほど抜けてきた排水溝とは比べ物にならないほど大きく、そして、暗い。

とにかく僕はパーティーを組む必要を感じていた。だからこそ僕とタカちゃんによるこの水辺の冒険が、むちゃくちゃ楽しく、空き地で遊ぶよりもはるかに価値のある行為であることを吉村と田村に示そうと試みた。最初は呆《あき》れて笑っていた二人だったが、ガードレール越しにも前のめりになっているのがわかった。それでも「約束があるから」と橋の上から残念そうに言う。なにかもう一つ、もう一押しの振る舞いが必要だと感じた僕は、呪術師のように踊りながら、再びコバヤンの歌を口ずさんだ。みんながあっけにとられている。タカちゃんでさえも発泡スチロールを手放してしまいそうになったその瞬間、僕はからだをさっと起こし、両足をぴんと伸ばして船の上に直立した。それを見た吉村、田村、そしてタカちゃんまでもが驚嘆の声をあげた。しかし、その瞬間からだを動かすのは好きだが運動神経のそれほどよくない僕は、揺れる発泡スチロールの船の上でバランスを崩し、まっすぐに立った状態からコンパスを回すように四分の一の円を描きながら水面に落ちた。すぐに川底に手がつき、全身びしょぬれのまま僕は立ち上がり、彼らを茫然と眺める。一拍置いて、三人の仲間からとてつもなく大きな笑い声が起こった。ああこれでよかったんだと立ち直った僕は、彼らと一緒に笑った。

吉村と田村は乗っていた自転車を空き地に停め、河岸の土手を下りてきた。彼らもドブ川の冒険に加わることに決めたのだ。吉村は恰幅のよい腕っ節の強い男。田村は細身で頭のよい男。つまりジャイアンとスネ夫みたいな二人だ。僕がのび太だとすると、タカちゃんはドラえもんということになる。四人はいつもの仲間なのだが、ドブ川では初めて出会ったような顔をしていた。仲間が増えると冒険の音色はまた変化する。僕の乗る発泡スチロールの船を三人で押しながら、四人は最後のトンネルへ、その暗闇へと足を踏み入れていった。

暗闇の中でガガンボ偵察機の不穏なプロペラ音を察知しながら歩く僕らは、先に見える点のような光めがけてゆっくりと船を進ませる。同時に潮の香り、それは僕らにとっては干してある魚の臭いなのだが、その新宮の浜独特の香りが風に乗り、鼻孔をくすぐっていく。光から風が吹いてくる。生暖かい風だ。

僕らは顔を見合わせた。僕は、ファミコンの中に入り込んだ8ビットの自分が竜王を倒しに最後のダンジョンへ向かっていくような高揚感と、不穏な音の先にある幸福な匂いを嗅ぎ取っている安堵感、仲間と冒険を成し遂げようとする達成感、そんないくつもの感情の糸をたぐり寄せ、折り重ねる。そんな刺し子状の布のような感情の建築は、糸を入れることによって少しずつ頑丈に、かつ色鮮やかになっていく。光が少しずつ差し、水底も見え始めてきたトンネルの中で、僕らは宝物のようなプラスティックや石などを拾い集め、時間稼ぎをしながら、少しずつゆっくりと出口へ向かう。

ついに四人の探検家はトンネルの出口までできた。出口は小さな穴だった。その穴を一人ずつ抜け出ていった。臆病な僕は一番最初に出た。最後はもちろんタカちゃんだった。四人をそこで待っていたのは、真っ白い砂浜と、玄界灘と呼ばれる海であった。右手の岩の島には松が生えている。鉄条網の中の松林とはまた違う荒削りな自然だ。海の波面に向かって僕らは石を投げつけた。石は連続写真のように赤い空に点を描き、海の中に消えていく。白い浜には開いた魚が干してある。どこかで聞いた「いなばのしろうさぎ」という民話が映像となって浮かび上がってきた。それは『古事記』の中では「稲羽之素兎」という名前で記されている。西アフリカにも似たような口承民話が存在するそのお噺《はなし》は、原型を離れ、僕の中では以下のように記憶されている。

砂浜にウサギがいて泣いている。どうやら悲しい出来事が起きたらしい。すると、上から雲に乗って白髪頭の男が降りてきた。おそらくこの男は神様である。神様はウサギに泣いている理由を尋ねる。ウサギは向かいの島に渡らないといけないのだが、何らかの理由で泳ぐことができないと説明する。それならばと神様は、ワニを、なぜか古い日本のお噺なのに東南アジアやアフリカに生息しているはずのワニを、それも大群のワニを、浜から島へと一列に並ばせる。ウサギは涙を拭き、ワニという恐ろしい動物の背中に乗って、僕の記憶では口をぱかっと開いたワニの下顎から上顎までもぴょんと飛び移りながら、島へと渡っていく。しかし、最後の最後でウサギはワニに食べられてしまう。

四人は白浜の上で、ぼんやりと通過儀礼の余韻に浸っていた。その後、しばらくしてそれぞれの家に帰ることにした。先ほどまでいたドブ川の真上を歩きながら、ここは地下ではどこにあたるだろうか、などとみんなで言い合ったりしながら、自分たちがなしえた旅の興奮を、そのときめきを共有した。もはやただの友人関係ではなかった。新しい部族の誕生の瞬間だった。自分たちの両親が暮らす集落とは別の、たった四人による部族だ。しかもその部族には四人になる前の、僕とタカちゃん、二人だけの部族の歴史も溶け込んでいる。いくつかの集団の気配はまるで何重にも重なったミルフィーユのようだ。たった四人の中に潜んでいる、無数の物語が交差することで生じた共有感覚を体感しながら、夕暮れどきのいつもの帰り道を歩いて帰っていく。地下で繰り広げられた冒険は帰り道でも立体的に迫ってきた。

新しい部族を立ち上げた四人はその後もずっと一緒に遊ぶようになった。ガンボ偵察機がプロペラ音を立てていようとも、それでも前に進むために握り合った手は、僕に、家族という集団を越えていくための新しい共同体の存在を予感させた。仲間の手は母ちゃんの手とは少し違っていた。鍵穴と鍵の関係性ではなく、ロープや金具などの登山道具のように機能した。手はいくつもの顔、いくつもの用途、いくつもの意味を僕に与えてくれる。帰路につく僕らは、もう恥ずかしくて、手を握り合ったりはできない。それは恐怖のドームの中でだけ存在する、親愛と相互扶助の精神を表す記号である。手は助け合いを誓う暗号なのだ。

夜、家に到着した僕は、ドブ川の冒険物語を黙っていることができず、弟と妹にさらには親父と母ちゃんにまで話し、こっぴどく叱られた。それでも僕は怒られたことなど気にせず、みんなと繋いだ手の感触を一生忘れないでいようと思った。

でも四歳の未熟な僕は、手の持つ複雑さをまだ理解できてはいない。電気信号として無意識下で感じているだけだ。その手をしっかりと今、母ちゃんが握ってくれている。ドブ川を抜けると、小学生が乗った二台の自転車がスピードを上げて、二人の横を駆け抜けていく。

八　車道へ

母ちゃんに手を繋がれてドブ川の流れる橋を渡った僕は、そこが自分の知っている安定した殻に包まれた空間ではないことを知覚する。母ちゃんは僕の手を砂利道のときよりもさらに強く握っている。方向転換は母ちゃんに任せて、僕はただ目の前の新たな空間に向かい焦点を合わせる。いつか一人で歩かなくてはいけないという不安と、いつか一人で楽しむことができるという期待。それらの感情は別々ではなく、かといって一つの塊でもなかった。気配に似たもので、いくつかの視点からそれを僕は眺めている。電電公社の団地の境界を抜け、連続して続く町の風景を見ていると僕が暮らしているような団地など一棟もなく、どの家も一戸建てであった。もしかしたら自分はある特徴的な集落に暮らしている住民の一人にすぎないのかもしれない、と突然隠されていた秘密を暴かれたような気持ちになる。まっすぐ行った先には先住民だけではなく、僕たちとは別種の開拓民も暮らしていた。彼らの集落は電電公社集落よりもコンパクトであるにもかかわらず、存在感があった。のちに僕はそこに住む一人の少女に恋をすることになる。

母ちゃんは僕の手をぎゅっと握る。親愛の感情に、この先に待ち受ける危険を知らせる合図が忍ばせてある。記号と化した母ちゃんの手を宇宙船に乗り込んだ飛行士が摑むハンドルのように、緊張しながら握る。感情を持ったコンピューターである手は僕に的確な指示を伝えてきた。それを頼りながら、新たな世界へと一歩ずつ進む。恐怖心よりも、義務感のほうが強い。新しい風景は、宇宙船の横を光速で通り過ぎる隕石に見える。僕はそれを避けながら、それでも向かっていかなくてはならないその先の惑星を探している。

団地内では聞いたことのない大きめの音がどこかで鳴っている。人力では為し得ない、動力を使った地鳴りのような音が道の先から聞こえてくる。届いてくる音から、重さと速さのようなものを連想する。その音のほうへと母ちゃんは向かっているようだ。ドブ川橋の先の小道を抜けた。目の前に飛び出してきたのは、自動車が勢いよく行き違う車道だった。

母ちゃんは注意を促す言葉を放ち、僕の手をさらに強く握る。コンクリートのブロックを車道脇に並べ、アスファルトに埋め込むことによって一段高くした歩道を行く。そこにいれば、ひとまず安全だった。スピードを出して通り過ぎる自動車を横目に見ながら、轟音を出す獣が、電電公社の十一棟に停められている黄色のカローラと同じ「クルマ」であることを認識するのに少し時間がかかった。やがて、それが普段乗っている坂口家のカローラとなんら変わらないものだと気づくと、恐怖心がちょっと和らいだ。と同時に、車道を走っているカローラが、歩道の側から見れば凶器のような姿になるのだという別の恐怖も生まれている。車内の僕にとってはカローラは安全な場所に思えていた。

車道の存在は幼稚園が近づいていることを意味している。新しい世界、楽しみの世界、広場の世界、交易の世界の存在が、見えてもいないのに漂う。僕は母ちゃんの手を握り返す。母ちゃんに引っ張られるがまま、風景を眺めながら自由に空想を思い巡らせていた行動を改め、まっすぐに前を向く。生まれて初めて「歩いた」と言っていいのかもしれないほど、まっすぐに歩いた。足下がぞくっとする。僕は今日初めて幼稚園に行くのだ。まだ見知らぬ友人たちと出会うために。広場へ。僕は前を向いて歩き出している。

母ちゃんの握っていた手からふっと力が抜ける。手を繋いでいるのだけれど、ただ手が触れているだけのような感触。手にはいったいどれほどの言葉にできない意味が含まれているのか。母ちゃんの手は、目の前の世界を自分の目で捉えなくてはならないと告げている。義務でありそれこそが生きる目的なのだ、と。いつかは離れなくてはならない母ちゃんの手と触れ合っていることを知覚する。そんな母ちゃんの手をたまらなく愛おしく思うが、僕はその暗号がもたらす秘密を隠すために、それが恥ずかしさからくる感情であると故意に誤解させるために、そして、その冷静な判断を気づかれないようにふざけてみせた。つまり歌をうたった。

「エー、ビー、シー、ディー、イーエフ、ジー、カーニがチンポをつーねったー！」

それまで大事に手を握ってくれていた母ちゃんは、仮面を剝ぎとり、いつものふざけたら怒り出す母ちゃんに変貌した。手を強く握り返してきた。これまでの道程では体験していない手だった。しかし僕は歌を止めない。

「アカチンぬってもなおらないー。クロチンぬったらケがはえた！」

「恭平！」怒った母ちゃんは、僕の手を引っ張り、しゃがみながら対面し、僕の顔と同じ高さに自分の顔を持ってきた。さすがに僕もそれ以上やると新たな危険が発生することを察知し、口をつぐんだ。

「うたっちゃだめって言ったでしょ！」

その歌はタカちゃんからではなく、同じ集落の先輩たちに教わったのだった。「ABCの歌」の替え歌である。下世話な言葉が大好きになる年頃の一年生や二年生がよくうたっていた。「チンポ」という音に対して大人がびっくりしたり、笑ったり、怒ったりすることが興味深かった。坂口家では、家の中ではうたっていいが、外ではうたってはいけないことになっていた。しかしこのような歌は、外で、静寂の中で、みんなが真面目な顔をしているときにうたうのが一番心地よい。だから僕はいつも約束を破り、そのつど母ちゃんに怒られていた。けれども僕は、それがたいした問題ではないことも知っていた。僕は、母ちゃんに怒られることだけを我慢して、繰り返し歌をうたった。電電公社集落に愉快な効果を与えることを企てて。

初めて接した社会である車道が伸びる外の空間に向かって、歌という道具を投げつけた。大きな声ならより効果をあげられることを事前に把握していた僕は、空気中にその笑う爆弾を、大音量で放り込む。すると、歩道の脇の建築物から笑い声が聞こえてきた。そのことがさらに母ちゃんの逆鱗《げきりん》に触れ、僕の口は押さえられた。けれども僕はさらに大きな声で、口を押さえられたまま、つまりもう歌の体裁をなしていない状態の歌をうたった。もぐもぐした声であってもそのままうたった。同じ節をうたっていることが容易に想像できるように。母ちゃんは、困惑している。建築物からは、誰がその恥じらいの歌をうたったのだろうかと確認するために、大人たちが顔を出している。母ちゃんはその人たちに向けて、すみませんもうこの子ったら、という弁明の表情を見せた。母ちゃんの手は性格を変え、僕の企てを隠そうとしている。周囲の危険から僕を守ろうと微妙に動きが変化していた繊細な手は、禁止の警告を行う看守の手に変わり、僕を匿名の動物のように扱った。

　しかし、その行為によって僕は逆に癒されていく。母ちゃんの、僕に向けるのとは違う、他者に対する別の意味を持つ暗号としての表情や手を見て、僕はやはり自分がしっかりと孤独な存在であることを認識した。それは社会の入り口に立った僕に、一人で行かねばならないと母ちゃんが手で伝えたことへの、僕なりの返答だった。ふざけたことに対する家族とは違う他人の反応を見て、もう一つの出会いの形を知る。それはのちに団地内のプールで行われた海坊主との出会いで半分は約束されており、その予感もあった。坂口家とは別の家族の存在に気づき始めている。まだ出会ってはいない、しかし、どこかにいるであろう、見たことのない親父の存在を、その僕が行った道化に対する反応の違う人間同士の間に転がる見えない親父の存在を、空間に触れながら嗅ぎ取った。

「商店」と文字が書かれた建築が目に入る。大人たちが集まっているその建築に僕は興味を持った。人の集まる場所。といっても、電電公社の団地内にある集会場とも違う。クラブハウスとも違う。もちろんドブ川とも、プールとも違う。僕は興味の赴くままに商店に向けてからだを動かしている。商店の軒先にさまざまな色をした箱や袋に入ったお菓子を発見した。

「そっちじゃないの、恭平。幼稚園に行くんでしょ」

　母ちゃんが人目を気にした距離のある喋り方をしながら、僕の手を引く。商店への興味を引きずりながらここが幼稚園までの道程であることを再認識し、僕は再び前を向く。直線の車道は丁字路にぶつかり、今度は横切るように自動車が走っている。丁字路の終点に駅舎が見える。車道は駅までの参道のように見える。駅舎の裏には車道を横切るような丁字路に合わせて線路が走っており、ホームがある。

　母ちゃんは駅の前の信号機で足を止めた。信号機の先には横断歩道があり、渡りきると駅舎にたどり着く。しかし、僕が向かうのは駅ではなく幼稚園である。横断歩道を渡り丁字路の突き当たりである駅舎にぶつかり少し右に行くと踏切がある。左にも同じように踏切があり、そちらを渡るのだと母ちゃんが言っている。しかし、左の踏切は遠くて僕にはぼんやりとしか存在を認識できない。右の踏切は横断歩道を渡ってすぐのところにあるので、その先の風景が見える。そこにも人間たちが集住している気配を感じる。まだ僕の知らない別の部族の集落なのだろう。

信号待ちをしている僕と母ちゃんは、なぜか少しだけからだが左を向いている。どうやら母ちゃんはすぐ右手に見える踏切は渡りたくないようだ。理由はわからない。しかし、僕は新しい集団の匂いの存在に勘づいているので、顔だけは右に向けようと試みている。

ドブ川橋を渡り、車道に出て、商店を横目に見ながらこの丁字路までの道すがらの時間は、川の水に浮かぶ船のように静かに進んでいった。一方、あの歌を外界で聴いてしまった母ちゃんの手は、僕の手をいっそう強く握り、まるで手綱を引くように、管理者の姿勢を見せる。しかし、母ちゃんのその一連の動きが演技であることが僕にはわかっていた。周囲の人間からすれば、母ちゃんは、暴れる可能性がある動物を統制している女に見えているかもしれない。しかし、母ちゃんは僕にとって共演者であった。団地とはまるで違う危険と自由を持ち合わせた車道を起点として始まる、僕にとって未知の世界、「幼稚園までの道」という観衆を前にした、僕と母ちゃんだけの演劇であった。

僕と母ちゃんは、五人家族が共有している一一四一号室の部屋の中だけで成立している幸福という秘密以外に、もう一つ別の秘密を持っていた。その秘密の中の秘密は母ちゃんと僕の間では交わしていたが、他の三人の家族にはそのことを確認したことはなかった。だから、もしかしたら、弟もそのような秘密を持っている可能性がある。そんなことを考えながら弟を見ると、じつは、弟は機械のようなもので、僕が見ていないときは動いていないのかもしれないと思えてくる。もしくは、素直な人間であると坂口家全体から評価を受けている弟は、僕になんらかの機能を果たす一つの装置だったらどうしようなどと考え始め、一瞬、頭の中が凍りつく。しかし、ハレー彗星がもしも地球に落ちてきたら地球上の酸素がすべてなくなってしまうので自転車のタイヤのチューブを今のうちに買い込んで酸素をためておかなくちゃという、僕の脅しの言動を使った検査に対して、焦って泣き出し、取り乱す反応を示す弟を見ると、やはり彼は生物で、しかも、僕と母ちゃんが隠し持つ、秘密は知らないのだと安心できた。

その秘密とは、僕たち五人家族が知覚できている幸福はじつは自然な感情ではなく、完全なつくり物であるというものだ。なぜか僕と母ちゃんだけはそのことに気づいている。親父はまったく理解していないようだった。親父に気づかれないように、僕はそれを母ちゃんに知らされた。しかし、言葉として伝達されてはいない。言葉にはならないコードとして、暗号は母ちゃんから発信され、感情とからだの連動によって、僕はそれを受信した。僕はじつは幸福ではない。というよりも幸福と不幸といった二つの相反する感情など存在しないということを教わっている。秘密は僕と親父と母ちゃんの三人だけで坂口家を稼働していた時期に、僕に侵入してきた。突然に、なんの了解もなく。恐怖のような一つの単純な感情としてではなく、アメーバ状の解読できない塊として、暗号として、僕の中に侵入してきた。

秘密は立体的な形状で、タマネギの皮のような構造体をしている。僕にはその構造体を母ちゃんと共有するための言葉がなかった。だから、僕はうたったのだ。あの替え歌を。それは、秘密の構造を僕なりに暗号として伝えるための行動だった。それは一つの表現手段だった。のちに母ちゃんは回想する。

「あなた、幼稚園の行き帰りによくカニの歌をうたってたでしょ？　家ではまったくうたわないのにね。昔からサービス精神が旺盛なのよ。たくさん人がいると必ずあの歌をうたってたんだから」

たしかにある種のサービス精神ではあったかもしれない。しかし僕はあの歌に、二重の意味を込めていた。一見すると、ひょうきんな歌であり、複数の他者に向けての恥の歌であった。人々を笑わせるための道具としての歌だった。しかし、僕にとってより重要だったのは、外界で禁止されている歌をうたうことで、母ちゃんの怒りを引き出すことだった。僕にはその作業が必要だった。母ちゃんの僕に対する憎しみを他者に見せることこそが、僕の真の目的だった。僕と母ちゃんの抱えている秘密を誰にも気づかれないようにするために、二人の関係をあえて引き裂くような演技をした。しかも僕が演技をしていることは共演者であるはずの母ちゃんにも察知されてはならない。この誰から命令されたわけでもない、訳のわからぬ迫真の演技は、幼い僕にとってなかなか骨の折れる作業であった。

子どもには、母親がいないと成立しない「か弱い」存在でいろというプレッシャーがかかってくる。たいていの人間はそれに従い、現実になじんでいく。

いつのまにかそこにあったはずのプレッシャーを忘れてしまう。そうならないためには、輪郭線を持っていると誤解した現実と呼ばれる、実際は立体的ではなく銭湯画のような平面である空間になじむのではなく、まったく違うもう一つの空間も存在しているという仮説をつくり出し、振る舞うことだ。だから、僕は歌という道具を使った。その歌は性的な意味を含んでいる。子どもから大人、年老いた者までが、条件反射するあの性的な言葉を、つまり「チンポ」を、歌という塊にする。僕は「チンポ」の持つ意味と音そのものの両方を歌というオブラートに包み、音楽として再構成することを試みた。その実験によって生じた自分が持っている現実への問いを、人々の前に突如登場させることこそが、僕にとっての迫真の演技であり、舞であった。人々の条件反射を引き出すことで、その結果、僕は母ちゃんとの親子という分子を一瞬だけ原子単位に分解させることに成功した。繋がっていない母ちゃんは、周囲に笑われている僕から、永遠と思われるほど離れていった。しかし次の瞬間、母ちゃん原子は、また僕に急速に近づいてくる。再び分子になろうと必死に合成を試みる母ちゃんを見ながら、僕はこの人が、誰でもない、自分の母親であることに気づくもう一人の自分を発見する。怒りという感情と行動は、愛し合っているということを覆い隠しつつ、親子の合成の瞬間を強く感じさせてくれる。

　集落から出て別の部族たちと交易することは、家の中とはまったく異質の世界を生きることである。そのことを僕は母ちゃんの手を介して察知する。ならばどう生きるのか？　それが試されていた。他の集落と共有している車道という公共地で、多くの人々に向けて性的な替え歌をうたうという行為、それが僕の答えだった。若気の至りである。しかし、僕の中では成功だった。母ちゃんという一番親愛の情念を持っているはずの人間からの攻撃を引き出したことも含めて、うまくいった。同時に、こんなことをしなくてもよかったのではないか？　と、一瞬我に返り、無知な幼児の後悔と焦りを感じながら、僕は母ちゃんと一緒に歩いているはずの自分に焦点を合わせていく。

　一つだけの世界である固まった空間認識になじむことを拒否し、自分の一番親愛なる人からの攻撃も厭わない。僕はそうやって生きていくと確信した。そのような僕の思考の変遷は、車道の上では一人の人間の特徴として表面化した。他の集落で暮らす部族の大人たちからも、「恭くんは、面白かよ」と言わせ、有利な条件で交易のための契約を結ぶことができた。
うたう行為自体はとても心地よく、ただのアスファルトでできた歩道を巨大なオペラハウスに変え、そこに立つ歌手のような気分を味わわせてくれた。幼稚園に向かう道程でうたわれたこの性的な歌こそが、僕が生まれて初めて人前でうたった歌である。それはコバヤンの歌や、のちに小学一年生のときに担任の佐藤範子先生から教えてもらい感銘を受けることになる、童謡と見せかけてじつは日立製作所の労働闘争歌であった「たんぽぽ」という歌にも繫がっていく。

信号が青になったよ、と母ちゃんは言うが、僕にはその信号機のランプが緑色に見えている。二人は横断歩道を渡る。車の残像は波となり、十戒の海のようにぱかっと二手に割れ、中央に白いストライプを浮かび上がらせた。なにも恐れずに、両脇に控えた車が僕のことを気にかける温かささえ感じながら、同時に車のライトが僕を睨みつける猛獣の目のようにも見えたので一瞬いそいそと、そのストライプの道を進んでいく。

周辺を眺めると、それぞれの集落から母親と子どもから成る分子が集ってきている。それぞれ部族の代表として、同じ素材のしかし色は三種類に分かれる帽子を被った子どもが母親と手を繋ぎ、ゆっくりと動いている。似たような速度で集っている。その消失点にあるのは幼稚園である。そのことに気づいた僕の心臓の鼓動は高鳴る。母ちゃんの心音は落ち着いているのを手で知覚し、そのことに安堵を覚える。

二人は、車道を越え、踏切を前にして、左を向いた。母ちゃんがからだを動かすままに、慣性の法則に従い、僕もまるで自分が左へ向きたいと思っているかのように。母ちゃんは踏切を渡ろうとはしなかった。母ちゃんはやはりそれを拒否している。僕は母ちゃんが避けている踏切の先の世界が気になり、いつか自由になったら一人で行ってみたいものだと思った。前を向くと、そこには幼稚園に繋がるまっすぐな道がある。右手には線路、左手には線路に並行してまっすぐの車道が続いている。僕と母ちゃんは、線路と車道の間の白線の内側の細い歩道を歩いている。しかし、僕の網膜には背後の踏切の奥の世界が、幼稚園へ向けて歩くたびに広がっていった。

九　踏切

（一）三叉路

母ちゃんが回避した踏切を初めて僕が渡ったのは、小学一年生のときである。開かずの間として閉じられていた扉の先には、避けなければならないほどの危険は存在していないように思えた。むしろ安全な空気すら漂っていた。しかし、危険が存在するという母ちゃんからの信号もしっかりと受け取っていた僕は、見えない気配に注意しながらゆっくりとその何気ない景色を洞窟のように捉えて忍び込んでいく。ファミコンゲームの一面をクリアしたあと、すぐ始まる二面の背景画の変化に一瞬、背筋が寒くなるのと似たスリルを味わいながら。踏切を渡ってすぐのところに広がる広場のような三叉路が興奮をさらに高める。

団地にある単純でまっすぐの道ではなく、アスファルトと砂道による曲線と直線が混じり合った三叉路だった。踏切を背中にして、右手、左手、奥へと、それぞれ三つの道が伸びている。まっすぐ奥へはアスファルトではなく砂の道が続く。その先には松林が広がっていて、隙間から潮風が吹き込んでくる。道の終点は砂浜であり、海であった。つまりこの道はのちにドブ川の冒険を終えた僕とタカちゃんと吉村と田村の四人が帰りに歩く道でもある。

この風景だけは昔からなにも変わらずにあるのだろう。僕の住んでいる電電公社という集落では砂や松林は鉄条網で覆われているのに、ここでは自由に放り出されている。その違いが理解できなかった一年生の僕は、電電公社の集落にある鉄条網に囲まれた松林も、目の前のただ風に吹かれて誰しもが触れることができる海と人間とを柔らかく分け隔てている洋服のような松林も、本来、同じものなのだと思った。するとふいにあの鉄条網で囲まれた松林は自分の古くからの友達だったのだと再発見した僕は、四歳以来、折りを見て挑戦したいと思っていた鉄条網の先への探索を本格的に実行することにした。

団地内の車道を走るクルマはすべて徐行運転だった。車道の脇に雨水を流し込むための小さな排水溝がある。そこには海が近いせいか、川でもドブでもなく、ただの溝であるにもかかわらずザリガニが多く生息している。僕は、タカちゃんに教えてもらいながら割り箸と凧糸を使った釣り竿をつくり、針の代わりにタカちゃん持参のスルメのかけらを糸の先にくっつけてザリガニ釣りを行った。溝ではいつも僕とタカちゃんとコバヤンの三人で遊んだ。だが、僕たちの本当の目的はザリガニ釣りではなかった。釣りはあくまで見立ての遊びである。子どもらしく振る舞うための演技だ。僕らの真の目的は、鉄条網の先の空間がいったいなんであるのかを調査することだった。

鉄条網を跨ぐことを阻止する上部のトゲにばかり意識をとられていた僕らは、ある日、偶然、鉄条網の下の部分に小さなほつれを発見する。そこで、僕たちはザリガニ釣りをしているふりをしながら、そのほつれを少しずつ大きくする作業に従事した。刑務所に入れられた無実の人間が、コンクリートの壁にスプーンで少しずつ穴を開けて脱出する映画のように。

一週間後、鉄の先がちょこっと当たるがそれでも子ども一人が十分にすり抜けることができるぐらいの穴が開いた。僕たちは順々にその穴をくぐり抜けていく。電電公社という、一見、安らぎの共同体に見えるがじつはなんらかの法則によって支配されている気がする世界から抜け出すため、ほつれを見つけ出し、穴へと成長させ、ついに三人は牢屋からの脱出に成功した。しかし、鉄条網の先は、自然豊かな砂浜というよりも砂漠と言ったほうが似合う空間だった。松以外の植物はなく、自然なようでじつは自然ではない、誰かが統制しているような松林であった。

僕らはまず、アリ地獄の巣を見つけるという一つ目の目的のために奔走した。鉄条網越しにときどき見つけていたアリ地獄の巣は、いつも手の届かない場所にあった。あの巣にアリを落とすことで、アリ地獄がどのような罠をつくり、どのような方法でアリを捕獲するのかが見たかったのだ。僕らはさっそくアリ地獄を見つけると、松の木を歩くアリを捕らえては次々にアリ地獄に落として楽しんだ。自ら設計した建築とも言える罠にアリが入ってきても、アリ地獄は微動だにしない。しかし、ただ砂が窪んだように見える建築は、アリが抜け出そうと必死になればなるほどすり鉢状に崩れ始め、体力を失ったアリはベルトコンベアで運ばれるように奈落の底へと滑り落ち、やがて砂の底へと消えていった。アリ地獄はなにも労働をせずに、ただひたすら完璧な建築をつくり続けることで、生き延びていた。そんな光景に釘づけとなった僕は、仕舞いには自分自身が地獄となり、アリ地獄の巣に手を突っ込み、アリ地獄そのものを捕まえた。僕は砂漠に住む巨人ゴーレムのように、町や村を破壊し、縦横無尽に戦争を仕掛けた。戦争の最中、僕はなぜかアリを口に入れて食べた。そしてアリに舌を噛まれた。痛みと同時に、アリの甘さが僕の口の中に広がっていく。手で潰したときには感じなかった、やってはいけないことをしてしまったという感情をそのとき僕は口の中で痛みとともに味わった。しかし、そのことはタカちゃんとコバヤンには言っていない。

三人はその後も頻繁に砂漠へと出かけ、一番曲線の激しい、真横に生えている大きな松を三階建ての探偵事務所とした。松の下の砂地に段ボールを敷いて一階の受付とし、松の幹の上にも敷いてそこを二階の会議室にした。さらにはからだを丸めると座ることができる二階の頭上にある太い枝を三階の隠し部屋と呼んだ。

すでにアリ地獄へのいたずらには飽きていた三人の探偵は、二つ目の目的である鉄条網で囲まれたこの自然らしき砂漠がいったいなんなのかという秘密を解くための行動を開始する。

黄色と黒色のストライプで警告されているこの場所がどれほど危険なのか、それをまず調査しなくてはならない。大人たちが絶対に入ってはいけないと叫ぶ松林の先にはなにがあるのか？　僕たちは秘密基地の二階で会議を行い、さらに奥地まで探索することを決めた。靴に次々と砂が入り込み、アリ地獄の建築に迷い込んだアリの気持ちに思いを馳せながらも、歩みを止めずに奥へと向かう。突如、僕らの前に立ちはだかったのは、またもや鉄条網の壁だった。僕らは二重に護られているものの存在を知った。恐ろしいほどの静寂が漂っている。探偵ごっこをやっていたはずなのに、いつのまにか本物の犯罪と出会ってしまったような感覚に陥った。鉄条網越しの向こう側に見えているのは、窓のない白くて巨大な長方形の建築物と、その後ろにそびえ立つ巨大な鉄塔だった。目の前の越えられない壁には、ビリビリとしびれて骨まで見えている人間のイラストが描かれていた。さらに意味はわからないが危険さだけは伝えてくる

「DANGER.」の真っ赤な文字。恐怖はあるが、鉄条網にさえ触らなければなにも起こらない。奇妙な平和があった。砂漠の静寂は、それが安心できることなのか、危険なことなのか、という判断を揺り動かしてくる。結局、僕ら三人は、砂地は遊び場であると誤認することを決め、ある一定の距離以上は新しく発見した鉄条網に一歩も近づこうとはしなかった。

物音一つせず人が立ち寄っている様子もない巨大な鉄塔を見ている僕には、それが親父の働いている会社がつくった建造物だということが信じられない。遊び場であると見立てようとした僕の試みは失敗し、気づくと砂地の心臓部分にある巨大な鉄塔が悪の要塞かもしれないと仮説を立てる探偵に逆戻りしている。その鉄条網で囲まれた国有地と称する広大な砂地に建っていた塔は、電話という魔術的な機械の中を交通する幻の声を九州の拠点である福岡で伝播するためにつくられた、巨大な発信基地である福岡無線電話中継所に繋がる新宮無線電話中継所であったことを僕はのちに知る。

この秘密の松林と、三叉路正面の松林は、鉄条網を隔てて繋がっていた。しかし、前者がひたすら静寂なのに比べ、三叉路に立つ僕の眼前に広がる松林には匂いが乗っかった潮風が吹き抜けている。

三叉路の右方面の道に入りしばらくすると、使い古したアスファルトが終わり、新しいアスファルトへと切り替わる。僕の住む電電公社と同じ絨毯のようなアスファルトだが、道の両脇に続いている樹木の織りなす風景は日本のものとは少し違って見える。しばらく立ち止まって電電公社に似つつもどこか印象の異なるその集落の景色を眺めた。電電公社の集落では想像できないほど歩道が広い。しかも住宅の多くには門がなく開放的で、まるで絵本の中の村のようにも思えた。どこからその集落の領土なのか判別がつかないほど人工物と自然の接合部分が緻密で滑らかだった。その質の高さはクラブハウスのような硬質なものではなく、もう少し樹皮を触ったり、兎を触ったときに感じるような温かさを残していた。その集落の名はコモンハウス新宮浜。十一棟と同じくらいの時期に建てられた新しい集落だった。

集落の中に入ると、道はすぐ二手に分かれ、それぞれの両脇に庭の広い一戸建ての家が並んでいる。のちに僕にはこの集落の住民でリョウとソウヘイという二人の友達ができる。彼らの家にはファミコンだけでなく、ディスクシステムと呼ばれる次世代ゲーム機もあった。所有しているゲームソフトの種類も豊富で、新しいゲームは発売と同時に揃っていた。

親父はそこがセキスイハウスという住宅地であることを教えてくれた。一方、母ちゃんはセキスイハウスの話をすることを好んでいなかった。のちに親父に『E.T.』や『グーニーズ』などのスピルバーグ映画を観に連れていってもらったとき、これらの映画に出てくる家や土地がセキスイハウスに似ていると思った。セキスイハウスは僕の憧れの対象であった。親父と母ちゃんもどうやらセキスイハウスに住みたいと思っているようだ。しかし、それが難しいことも僕は理解していた。セキスイハウス集落は豊かだが、僕には時折過剰にも思えた。ソウヘイはともかく、リョウにいたっては贅沢の度合いが尋常ではなく、問題児とすら思われていた。リョウと遊んできたと言うと、決まって親父と母ちゃんは嫌な顔をした。

電電公社の集落でセキスイハウスに引けを取らない存在はクラブハウスぐらいのものだ。ただ電電公社にはクラブハウスが一軒あるだけだが、セキスイハウス集落はクラブハウス級の豊かさで溢れているのだ。セキスイハウスへの憧れは年月を経るにつれますます強まっていく。「一戸建てがほしい」と両親に伝えると、両親は「私たちは家を買わない主義だ」と言いきった。一戸建てがほしいなら自分で建てられるようになってくれとも言う。セキスイハウスへの憧れは、僕に一つの遊びを発明させた。家の郵便受けに毎朝、届く新聞に住宅の写真や図面の載ったチラシがよく挟まれていた。僕はもしも坂口家がチラシに記載されている家を購入したらと空想し、洋室や和室や台所の構成を見ながら誰がどこの部屋に住むのかなどを考えた。弟もその遊びに加わり、ときどき空想上の部屋の奪い合いでケンカになったりもした。理由はたいていどちらが洋室に住むかという争いだった。僕と弟の間ではフローリングの敷かれた洋室こそが最高の部屋ということになっていた。南側を向いていることも重要で、北側の部屋は避けられた。

空想の持ち家遊びはいつも弟と争いを巻き起こしてしまうので、僕は、弟と協働するのではなく、図面づくりを一人でイチから行うようになった。ベッドや机や椅子などを上から見た図案として描き、できるだけ中立的な立場になって、家族の誰もが楽しく暮らせるように調整しながら、独りよがりではない設計を心がけた。図面が完成し、その家で人間が生活をするイメージができてから、僕は家族にその図面を提出し、夢のセキスイハウスにとって代わる、いやむしろそれ以上に価値のある家族の巣として示した。親父はなにも言わなかったが、母ちゃんからはいくつか調度品に対しての修正案が出された。弟には、すでに十分な配慮をして設計していたのでなにも言われなかった。むしろ喜ばれたくらいだ。

図面をつくることは楽しかったが、しかしもの足りなさもあった。ドブ川の冒険のような、からだ全身で感じる遊びをすでに経験していた僕は、平面図の中だけで獲得する空間の現実味の薄さに気づいていた。改良すべき点も見えていた。立体をそこに導き出さなくてはいけなかったのだ。それを実現するための技術の必要性に駆られた僕は、母ちゃんが持っていたインテリアに関するいくつかの資料を読み、その結果、平面図ではなく、三次元の世界を表現する方法を習得した。真四角の線の四つの角から斜め四十五度左に傾けた線を引き、その線の長さが天井までの高さとなることを知った僕は、まずは家、次に調度品、そこに住む人間、最後に屋根までをも紙の上で立体化することに成功した。それ以来、僕はセキスイハウスへの憧れを捨てた。つまり、僕はほしい空間を自分でつくり出せることを知ったのだ。両親が、それが足りないから建てられないと言うお金を一円も使わずに。僕は鉛筆だけで建築を設計するという技術を、「遊んでいるうちに」などという悠長さではなく、自分の中の渇きを癒すために、必要に迫られて、かつさらなる飛躍をするために獲得したのだ。

三叉路の左方面には吉村や田村などの先住民たちが暮らす集落がある。祠や神社などが多く、砂浜近くの松林の中には町で一番大きな神社、「新宮神社」があり、周辺の森を護っていた。うっすら漁業の存在を感じるのは、家の壁や、家と家の間に無造作に置かれた網や浮きをよく見たからだ。吉村と田村のおじいちゃんたちも漁業関係の仕事をしていたのかもしれないが、両親は会社勤めのようだった。それは彼らの家の中の息づかいがなんとなく僕の家と似ていることから推測できた。だから僕とタカちゃんと吉村と田村は一緒に遊んでも大きなズレを感じることはなかった。ただ吉村と田村はタカちゃんの家には行くのだが、僕の家にはきたことがなかった。さらに、セキスイハウス集落で彼らの姿を見かけたことは一度もなかった。

僕はこの古い集落で遊ぶのが好きだった。ここは遊ぶための道具に溢れ、車道に軽石で丸や四角を描くことができた。クルマよりも子どものほうが偉かった。車道で子どもが遊んでいたら、クルマは止まる。神社でも遊んだ。さらに少し小高い丘からは海が眺められた。その海までの坂道を僕は気に入っていた。電電公社よりもこの古い集落のほうが居心地がよいとすら感じるようになっていた。だが、この集落に僕の両親が入ってきたところを、僕は見たことがない。

電電公社、セキスイハウス、そして古くからの集落。新宮町下府は大きく分けると三つの集落から成り立っていた。電電公社集落に住む僕は、他の二つの集落にそれぞれ別の種類の嫉妬を感じている。しかしわが部族にもよいところがあった。それは人間の数である。僕らは圧倒的に多数だった。団地の子どもたちだけで、複数の野球団をつくりトーナメントやリーグ戦が実行できるほど巨大な集団だった。

僕は三叉路を前にして、土地というものが人間を形成することに気づき始めている。しかもそれが変更不可能なものだということも知る。生まれてきた場所で生きるしかないのだ。変えられない土地の上で生きる僕の頭の中は、時間ごとに色や形が変わるように変化していく。そんな分裂の最中で、いかに均衡をとって生きのびるのか。そんなことを小学一年生の僕はぼんやりと考えていた。

（二）文字

踏切の向かいに「新宮町立下府公民館」という看板が見える。先住民たちがここで毎年、夏祭りを行っていた。クラブハウスに似た建築物だが、壁に使われている煉瓦の質感が違う。クラブハウスの煉瓦は落ち着いた濃茶色で、職人によって手で積まれたのであろう、一つ一つ微妙に大きさも異なっている。一方、公民館の煉瓦は、平坦で、色も薄い黄土色だった。煉瓦が手で積まれたのではなく、コンクリートに煉瓦風タイルを貼ってある。公民館は自動ドアで、中に入ると少し暗いところまではクラブハウスと同じだったが、クラブハウスが白熱灯の暗さなのに比べ、公民館のほうは非常口の緑色のプレートの裏で光る蛍光灯の暗さであった。僕は、クラブハウスという良質の建築を持っている自分の部族に対して誇りを持った。

その誇りは両親に対してまで繋がっていく。親父と母ちゃんは北海道家具や籐の寝椅子のような調度品に対してこだわりを持っている。それは母ちゃんの美意識によるものであったが、親父にも共有されていた。とはいえ、本当に親父が、日本製であってもどことなく異国を思わせるような物や空間を愛《め》でる母ちゃんの感覚を理解し、受け入れていたかというと、少し疑問も残る。なぜなら親父は江戸時代を思わせる不思議なレタリングの文字が並ぶレコードや本に囲まれていることを好んでいたからだ。

親父は自分だけの書斎を持っていなかった。書斎が必要なほど文化的な人間ではないと母ちゃんによって見なされており、居間にあるビューローの扉を開いた一角に、親父は自分の好きなものを置くことを許されていた。北海道家具の本棚の一番下の段にも親父の文化的空間があった。母ちゃんの監視が甘くなっているとき、親父はビューローと本棚を開け、音楽やその音楽に関する書物を取り出し、独自の小さな建築を坂口家の中につくり出す。スピーカーの近くに座り、流れてくる演歌に耳を傾ける親父の後ろ姿は、音楽によって書斎をつくり出すことのできる幻術師のように見えた。

おそらく親父と母ちゃん、二人の男女の趣味は合っていない。ときどき僕と親父が演歌を聴いていると、母ちゃんが部屋にやってきて小言を言った。なにか怒りの感情を含んだ小言であることは僕にもすぐ伝わってきた。それは、たとえ自分に向けられた怒りでなくても辛かった。家という守られているはずの空間に現れた怒りの玉は、僕を親父自身に変化させる。僕は、母ちゃんの指摘する演歌の欠点をわがことのように感じてしまう。小言を受けて、親父はYAMAHAと書かれた音楽の鳴る銀色の箱に設置されたボタンの一つを押した。すると演歌は鳴り止み、親父の書斎は静寂とともに姿を消す。僕はその消失が怖かった。操作されることによって生じた静寂と書斎の破壊は、音楽の重要性を僕に気づかせる。美意識というものが、電電公社という部族の中のさらに小さな共同体である家族であっても、いやむしろ家族だからこそ重要視され、次第に一つの指針に向かって管理されていくことに恐怖を感じていた。母ちゃんによって統一されている坂口家の美意識に、弟と妹はなんの疑問もなく従っているように見える。しかし僕は、母ちゃん主体による美意識という建築を地中で支えるコンクリート構造物がじつは偽物であることに気づき始めている。ただの砂の城にすぎないのだと。

同じ家族でも、じつは複数の集団に分裂する可能性があることを、僕は演歌が鳴り止むまでの親父と母ちゃんとの会話で察知する。僕には、親父が単純で素直な精神の持ち主に見える。一方、母ちゃんは複雑で多層な人間に見える。それは、安堵と恐怖の一体化した、坂口家以外で体験することのない人間の複雑さであった。

親父が一番好きであるらしいカセットテープに詰め込まれた演歌は母ちゃんによって禁止されている。これが意味することはなんだろうか？　仲がよいと思われていたこの二人が起こすいさかいの理由は、いつも演歌だった。僕の家にはカセットテープがたくさんあった。母ちゃんは音楽機材に疎《うと》く、カセットテープをつくるのは親父の仕事だった。二人とも同じく音楽を愛していた。しかし好みが違うようだ。まったく同じ大きさの、色や表面に描かれる文字や数字が少しだけ違うカセットテープ群の差異から戦争が起こる。幸福に包まれているはずの坂口家は、新しく親父の好みが侵入してきたときだけ戦場と化す。カセットテープは音楽という世界が仕舞い込まれた宝箱だと感じていたのだが、突如、爆弾に変わった。

カセットテープを保管する小型のプラスティックケースには紙が挿《はさ》んであり、文字が書いてある。明らかに親父の字だ。親父と母ちゃんの文字はそれぞれ異なる役割を持ち、完全に使い分けられていた。使っている筆記具の素材、サイズによってもその違いは明白だった。親父はペン軸の太い油性ペンや水性ペン、濃いめの2B以上の鉛筆などを使うのに対し、母ちゃんは油性ペンはほとんど使わず、極細の水性ペン、鉛筆はHBだけを使っていた。親父は「描き」、母ちゃんは「書く」。そんなふうに役目の異なる二つの文字を僕は感じとっていた。

二つの文字は用途も違う。親父は家にある写真や、買ってきたものや、子どもたちがつくったものなどに、所有もしくは制作した日付を描く。ちょうど芸術家が自分の絵にサインするように。僕は親父のその行為と、かつ文字自体も好きだった。僕らの使う上履きや教科書などの道具にも親父が名前を描いてくれた。サインは親父の仕事であるという認識は家族五人に共有されていた。対して、母ちゃん文字の主な用途は、幼稚園、小学校といった教育機関との交信である。その文字を僕は快く思っていない。連絡帳の小さな罫線や枠の中には、細かく丁寧な母ちゃんの文字で、両親が考えていることが——といっても親父は僕らの教育については放任主義なところがあったのでそれはもっぱら母ちゃん一人の考えだったが——言いたいことをオブラートに包み、誤字もないように書かれた。教育機関からの、成績はよいのだがおっちょこちょいでときどき変なことをする、という評価に同意するような文字が並んでいる。小さな文字で、克明に。それを見た僕の中では、母ちゃんが野生の人間を監視、検査する看守の一人に見えた。

親父が僕らの教育に関して口を出したところを一度も見たことがない。僕は親父からは常に感心されていた。いつも「恭くんはすごいねえ」と言われた。

その言葉の持つ適当さ、不正確さ、無関心さに、母ちゃんはしばし呆れていた。二人が使い分ける文字の性格の違いは、それぞれの子どもに対する考え方、接し方をそのまま表している。だからこそ僕らはいつでもどちらに文字を書いてもらうのか、ということを一目瞭然で判断できた。母ちゃんはすぐ「私は下手だから、あなた書いてよ」と親父に言った。

親父がカセットテープを聴くステレオは、美意識の高い母ちゃんが購入したものだった。銀色のステレオは、アンプ、ラジオチューナー、カセットデッキ、レコードターンテーブルというそれぞれ四つのパーツが組み合わさった豪華なものだった。しかし母ちゃんにとって音楽は、聴くという目的よりも調度品として必要なものであるようだった。

親父が演歌をかけていると、母ちゃんが言う。

「私はジャズが聴きたいのよ」

坂口家にジャズのレコードは一枚もなかった。僕にはその「ジャズ」という言葉が、ずっと頭に残っている。一度もかからないその「ジャズ」は、母ちゃんの美意識を表現するために必要な言葉であるらしかった。その言葉を聞いた親父は特に不満な顔も見せずに演歌を止め、母ちゃんが「ジャズ」と呼ぶ別の音楽をセットした。かかる音楽は母ちゃんが「ユーミン」と呼ぶ、日本語のポップスだった。「ハイ・ファイ・セット」もかかった。「竹内まりや」も。僕は「ジャズ」とこのような大衆音楽は別のものだと理解しているのだが、決まって演歌が止むと鳴り出すこれら女性歌手による音楽は「ジャズ」という母ちゃんの言葉と重なることで、今でも「ジャズ」という言葉を聞くと「ハイ・ファイ・セット」の曲が吹き込まれたカセットテープの背表紙と、そこに描かれた文字が浮かび上がってくるようになってしまった。もちろんその文字は親父の手によるものだった。

僕はその太めのペンで描かれた「ハイ・ファイ・セット」という江戸文字を眺めている。その不思議な文様に、母ちゃんから染み出てくる「ジャズ」という美意識が混ざってくる。以前に子ども雑誌で見た未来の風景もそこに重ね合わされていく。都市のビル群に透明のチューブ状の線路らしき筒が縦横無尽に伸び、その中を流線型の車輪を持たない乗り物が高速で移動している。空にも少人数の自家用車らしき物体が飛んでいる。地上では子どもがそれらの流線型の乗り物を指差し、隣にいる親の手にはコードのない電話が握られている。僕はそんな未来の風景に、「ハイ・ファイ・セット」の音楽と親父の手による江戸文字を重ねたイメージで、母ちゃんの言う「ジャズ」という揺れ動く感覚をそっと包んでみる。

親父の江戸文字がどこからきたかを示すレコードがある。彼はそれを大事に扱っており、北海道家具の本棚の一番下の段に、僕ら三人の子どもの写真アルバムと一緒に並べていた。母ちゃんが用事で外出しているとき、もしくは日曜日のなんとなく母ちゃんの機嫌がよい午前に、親父はそのビニール袋に入ったレコードを取り出し、ターンテーブルに載せ、針を落として聴いていた。レコードジャケットには裸の男が褌《ふんどし》を巻いて闘い、その脇に妹のひな祭りのときに見たお内裏《だいり》様みたいな格好をしたお爺さんが扇子《せんす》のようなものを持ち立っている写真が使われていた。ジャケットに見惚《みと》れている親父の姿から、そのレコードの偉大さは僕にも十分伝わってきた。

仕事をしている親父の背中を僕は見たことがない。団地内で親父が友人と楽しく話している風景も見たことがない。僕は親父が人生を楽しんでいないのではないかといつも不安だった。だからこそレコードを眺める笑顔は、心配していた僕に親父の充実した人生の切片を感じさせた。レコードという音の鳴る円盤は、親父にとって頼りになる唯一の親友なのかもしれない。つまりそのレコードは僕ら家族の一員とさえ言ってよい。それは相撲場所の前夜祭でうたわれる「相撲甚句《じんく》」という口承音楽が刻み込まれたレコードだった。ジャケットには根岸流という相撲で使われる隙間のない極太の書体で描かれた文字群が並んでいる。僕はその根岸流が描けるようになりたいと思った。

親父はいつも笑われていた。母ちゃんだけでなく、彼の文字に感銘を受けているはずの僕も親父のことを笑ってしまっていた。僕の中のすべてが親父を肯定しているわけではなかった。母ちゃんが指摘し続ける親父の欠点を、知らぬうちに僕までも欠点として認識してしまっていることがあった。

親父は、坂口家の中では文化的素養の低い人間と思われていたが、ときどき新聞記事の欄外にその紙面で気になった意味のない文字を立体的にレタリングしていた。僕はその作業の創造性に惹かれ、親父から文字を立体的に描く技術を学んだ。文字の輪郭を描き、影をつけるその作業に僕は夢中になっていく。影をつけた瞬間、文字は立体的な看板のようになった。文字は、なにかを足したり、ある法則で影をつけることで、いかようにも姿を変えることができるのだと親父は教えてくれた。影を長く伸ばして消失点に向けて少しずつ細くしていくことで、文字が飛び出してくる技術も僕は習得した。それはまだ親父が持っていない手法だったので、彼は驚き、感嘆の声をあげた。親父は人と電話しているときにも、よく鉛筆でレタリングをしていた。

親父の運転するカローラの中でさえ、子どもだけが乗っているとき以外に演歌や相撲甚句が流れることはなかった。徹底的に坂口家の美意識は操作されていた。しかし美意識網を僕らに被せてくる管制塔であるところの母ちゃんの父親である祖父は、この相撲甚句に共感を示し、晩年には親父と一緒に相撲甚句会に入会し、親戚の結婚式で一緒にうたったりもするようになった。祖父の葬式でみなが泣いている中、祖父の兄弟は「兄ちゃんの葬式は、宴会みたいにやるべきだ」と結論を下し、僕と祖父の兄弟と親父の四人とで卓を囲んで麻雀を始めた。すると、少し遅れてやってきた親父の師匠である相撲甚句会の田中さんが、喪服の上に相撲甚句用の着物を羽織り、祖父が眠る棺桶の前に立ち、祖父が親戚の結婚式でうたったときとまったく同じ節で、しかし歌詞は祖父を弔う言葉に変えた甚句をうたった。僕は酒で酔っぱらっていたが、涙がぼろぼろと流れてきた。節が同じでも意味が多様に変化する相撲甚句という口承音楽は、結婚式のときには人々を笑わせ、葬式のときは涙を出させる不思議な歌だった。

親父はステレオでかけられないからと、ときどき自分の口で相撲甚句をうたった。そこには歴史があった。積み重ねた技術があった。どんな道具や機材や電気がなくても、ステレオが使えなくても、社会に監視され弾圧を受けたとしても、歌は滅びないのだ。すごい男と僕は一緒にいるのかもしれない。しかし次の瞬間、「やめてよ」という美意識監視局である母ちゃんの発する警報音で親父の口から生まれた音楽の振動は静かに消えた。それでも僕は親父の行為に力を感じていた。親父の無言の意志を、生きのびるための技術を、継承したいと思った。僕が見たのは、親父の背中ではなく、口だった。開くと歌を奏で、警報音を合図に閉じる、その口だった。ステレオはいらない。なぜなら僕らのからだが楽器だからだ。口がスピーカーで、アンプが喉で、レコードは脳味噌に圧縮されている。

「ハイ・ファイ・セット」の文字は虹をつくり出す。母ちゃんは都会的な女性歌手の音楽集をカセットで多数所有していたが、中でも「ハイ・ファイ・セット」は親父とも共有できる音楽だったようだ。だからクルマでは「ハイ・ファイ・セット」がよくかかった。カローラの車内に「ハイ・ファイ・セット」が鳴っている間、坂口家には平穏が訪れる。そして、「ハイ・ファイ・セット」がもたらす平穏は、親父を新しい冒険へと向かわせた。親父は男性のみによる音楽グループ「アリス」に着手した。どちらかというと親父寄りの音楽である「アリス」は、親父が母ちゃん好みに近づきながら選びとった危険と隣り合わせの一手だった。主導権は常に母ちゃんにある。「アリス」を録音したカセットテープをカローラ車内のデッキに差し込むということ、つまり母ちゃんの美意識コードをクリアすることは、「アリス」とともに親父が生きのびることを意味した。そしてそれはあっさりクリアされた。実践の勝利だった。だから僕は今でもカラオケに行ったときには、アリスの曲「チャンピオン」をうたう。それは親父が冒険で得た勲章である。車内に鳴り響く「チャンピオン」を、僕ら兄弟も楽しくうたった。あまり音量を上げてうたうと再び警報音が鳴るのだが、ある程度に抑えれば大丈夫だった。僕らはその歌へとラジオのツマミを回すように合わせることで、家族五人が共有する幸福へと感情の波をチューニングすることができた。

親父の冒険によって「アリス」が鳴ったとき、母ちゃん主導の管理体制下にあった坂口家はそのバランスを崩し、新しい世界を獲得した。「アリス」は、管理体制は変更可能であり、母ちゃんの口から発せられるのは警報音だけではなく楽しい笑い声のときもあることを僕に伝えてくれた。エルマーのぼうけんよりも、インディ・ジョーンズよりも、グーニーズよりも、何百倍も興奮する冒険だった。親父による「窮鼠《きゅうそ》猫を噛む」であった。「窮鼠猫を噛む」の猫は化け猫ではなく、招き猫だったのではないかと思うほどひょうきんでやんちゃな冒険だった。そんな親父の口を見て、僕は育った。親父の口からはいつも音楽が、歌が、鳴っていた。

（三）名前

親父の脳味噌の中にはなにがあるのだろう。僕は親父になぜ相撲甚句という歌が好きなのかを尋ねてみた。親父は不思議な顔で答える。

「なんでだろうね」

親父は自分のことがまるでわかっていない。いつから相撲甚句が好きだったのかを聞いても、中学生の頃からだっけなあ、もっと前からだったっけなあ、といった具合だ。あらゆることを忘れている。しかし、まったく悪びれる様子もない。なぜそれでも親父はいつも楽しそうにしているのか？　生きていくことができるのか？　解明できない謎であった。

親父が母ちゃんによくからかわれていたことがある。親父は進学校である高校を受験したのだが落ちてしまい、中学浪人をした。どうやら親父は自分のことを頭がよいと思っていたようだ。僕は親父のことを十分に頭のよい人だと思っているが、それはけっして「学校の勉強ができる」という意味での頭のよさではない。「学校の勉強ができる」ということは、僕の所属する坂口家という共同体においては一番重要な「頭のよさ」であった。僕はそれを頭がよいと定義するのは間違っているとわかっていた。そらで相撲甚句をうたえる人間のほうが頭のよい人だと考えていた。親父にそのことを伝えると、

「父さんは頭が悪い。なのにその高校に行きたくて、つい受けちゃったんだ。だって父さんの母さん、今はもう死んじゃったお前の祖母であるサイばあさんは、第一高校に通っていたんだよ？　頭がよかったんだ。たくさん本も読んでたし。恭くんの名前もサイばあさんにつけてもらったぐらいなんだから」

などと俄《にわか》に聞き流せないことを言う。僕の名づけ親であるサイばあさんとはどんな人だったのか。それを尋ねようとした瞬間、横から警報音が鳴った。

「サイばあさんって！　あのとき大変だったじゃないのよ。恭平に変な名前をつけようとして」

僕にはなんのことやらさっぱりわからない。サイばあさんの印象が二人の間で食い違っていることだけはかろうじて理解できる。今は亡きサイばあさんは

僕の祖母である。大事な人である。その人がつけた名前ならなんでもいいじゃないか。現に「恭平」という名前を僕はとても気に入っている。

「違うのよ。あなたに真理夫《マリオ》って名前をつけようとしたのよ、あの人！」

母ちゃんはサイばあさんを認めたくないらしい。親父はずっと黙っている。二人のズレは僕にとってはもはやどうでもいいことだった。僕の名前だってどうでもいい。それよりも、サイばあさんという、出会っているはずなのに記憶にないその人物がどのような人だったのかを知りたかった。しかし、話の焦点は「恭平」の前につけられそうになっていた「真理夫」という名前に集中する。母ちゃんにはそういうところがある。僕が質問していることから、問題の核が少しずつズレていくのである。とはいえ母ちゃんがその問題に執着している以上、聞かないわけにはいかない。僕は母ちゃんの叫びにも似た言動に、親父と結婚したことを否定したい、できることならゼロから再出発したい、という後悔のような思いを受け取った。実際、母ちゃんは僕に、本当は違う人と結婚するつもりだった、こんなはずじゃなかったと言葉にしたこともある。しかしそれでは僕が存在しないことになってしまう。それはまずい。僕は二人の間に解決できない大きな問題が横たわっていることを確信し、小さいけれどもけっして消えないちくちくした絶望を感じてしまう。

僕は弟の名前の由来も聞いてみた。すると弟にも現在の名前とは違うもう一つの名が存在していたことを知る。誕生日が七月二十七日だったので、当時飛んでいたボーイング727からとって「翼」という名前にする予定だったという。僕が「マリオ」で弟が「翼」だったら、それはスーパーマリオとキャプテン翼の組み合わせになるじゃないか。むしろそちらの名前の組み合わせのほうがよかったのではないか。

会った記憶もないサイばあさんのことが僕はとても気になっている。僕に名前をつけてくれた人をどうにかして庇《かば》いたいと思っている。恭平という名前も最高だが、たとえ真理夫であったとしてもやはり変わらず最高なのであって、なにも気にしない。そんなことはどうでもいいのだ。いっそ名前を真理夫に変えたい。なぜサイばあさんが最初につけた名前を却下し、再考を促したのかと僕は、両親を問いつめた。僕のことをある角度から見たら、ものすごく真剣に「真理夫」に改名させてくれと涙目で懇願しているように見えるが、別の角度からは「真理夫」なんて名前はとてもじゃないが嫌だけど命名をしてくれた首長への忠誠を誓うため故意にその名前を名乗ろうとする人間にも見えたに違いない。その演技はいつも通り監視局に発見され、警報音が鳴り、僕の口は閉じられた。

僕は、恭平という名前が好きであることを両親に伝えた。二人はサイばあさんから恭平という名前をもらい、僕に名づけた。その名前は熊本市中央区新町に存在する文房具屋・文林堂の社長である丹邊《にべ》恭平氏の名前からとられたこと、その恭平氏はサイばあさんが小学生のときに同級生で一番頭がよかった人であったということを知る。「頭がよかった」という言葉が、僕には「好きだった」という言葉に聞こえている。僕はサイばあさんが昔好きだった人の名前をもらったのだ。僕はのちに丹邊恭平氏に挨拶しに行き、その恭平という名前が、大日本麦酒《ビール》の社長であり、銀座に日本初のビアホールを誕生させた「日本の麦酒王」馬越《まごし》恭平氏からとった名前だということを知った。

母ちゃんの実家には祖父と祖母が、そして祖父の母、つまり僕の曽祖母がいた。山口宇部炭鉱の労働組合委員長であった曽祖父はすでに世を去っていたが、それでも祖父母と曽祖母がいる実家は、温かく満たされた空間だった。一方、親父の実家には祖父だけが、いつも暗い顔をして、ストーブの天板で餅を焼いていた。その餅は、熱を冷まさせるために新聞紙にドンドンと上から下に叩き割るようにして投げつけられ、僕の手に渡された。祖父は孫に対する優しさからその行為をしていることを僕はわかっていたが、妹はそのドンという大きな音に驚き、怯えている。それを見ている母ちゃんの視線もどことなく冷たい。母ちゃんは親父の実家のことをあまりよく思っていないようだった。毎年、正月には親父の実家である坂口家に帰省していたのだが、いつも妙な居心地の悪さがあった。僕は今、その原因がサイばあさんが死んでしまったからなのではないかと考えている。サイばあさんは祖父の唯一の理解者だったのではないか。なぜ坂口の家は正月のときに集まりが悪いのか？　なぜ僕たちは一度も坂口家に泊まることがなかったのか？　僕は、名づけ親であるサイばあさんが何歳のときに死んだのかさえ、その葬式に行ったのか行かなかったのかさえ記憶にないのだった。記憶しているのは坂口家の暗さだけだ。

親父の父親というのはどのような人だったのだろう？　親父はそれを僕に説明することができていない。その祖父は突然の死を迎え、僕らは葬列に参加するため坂口家、つまりは親父の実家のある熊本へとクルマで向かった。まだ子どもだったため状況が理解できなかった僕は参列していた子どもたち数人と葬式が執り行われている和室の隣の部屋でゴムボール野球をして遊んでいた。ゴムボールはぼんぼんと襖《ふすま》に当たり、葬式に雑音を与え、最終的に僕は家族ではない誰かに叱られた。とんでもなく悪いことをしてしまったと焦り、顔面蒼白になった僕が葬式会場の和室に戻ると、正座している親父の姿がある。うなだれてはいるが泣いてはいなかった。自分の父親が死んだのに涙も出ないということは、愛情がなかったからではないか。そんなことを思った。親父の両親はすっかり跡形もなく消えてしまい、その後、僕たちが正月に親父の実家に行くことはほぼなくなった。僕の中で「じいちゃん」「ばあちゃん」とは母方の二人を指す。

祖父母だけでなく、親父の弟、つまり僕の叔父さんも消えてしまった。それも死んだのではなく、失踪という僕には理解しがたい方法によって。消える直前に叔父さんが僕の家にやってきて、なにかを親父に頼んでいる様子が記憶にある。そして、その二人を、母ちゃんが泣きながら怒り、叔父さんではなく親父を叱責し、結果、叔父さんは家を出ていった。それでも親父は落ち込んだ様子を見せなかった。僕だったら、一つ歳下の弟が突然いなくなったらおそらく発狂してしまうだろう。僕という存在は、弟がいないと成立しないのだ。この頼りになる弟は、僕が「陰日向《かげひなた》のある子ども」と言われていたのとは対照的に、裏表のない純粋な男だった。

その弟にいたずらを仕掛けたことがある。BB弾が流行《はや》っていた頃のことだ。銃にまったく興味のなかった僕は、BB弾を放つ空気銃を持っていなかったが、弟は周囲の影響もあり、それを所持していた。銃のなにが面白いのか理解できない僕が「それで人を撃つの?」と聞くと、弟は「そんなことしちゃだめだよ」と答えた。ますます理解できない。銃というのは人を撃つものである。そこで、弟に直接、確かめてみることにした。僕は、向かい合わせの学習机に座っている弟の前で銃に充塡されているBB弾をすべて抜き取り、カチッカチッと壁を撃つマネをして弾が入っていないことを弟に知らせた上で、弟の眉間に銃口を向け、なんの躊躇もなく引き金を引いた。プラスティックの部品がバネで弾かれて音が鳴り、透明で見えない銃弾は弟の眉間へと食い込んだ。

「やめなよ！」

目をつぶった弟はそう叫び、顔を避《よ》けた。たとえ冗談でもそうやって人に銃口を向けたらいけないんだと弟は言う。僕は「そもそもそんなことを言うやつは銃を持っちゃいけない」と答えた。銃を持ったら人を撃たなきゃ面白くないじゃないか。それをしない人間は、銃なんか持たなきゃいい。みんなと同じものを所有することが吐き気がするほど嫌いだった僕は、銃を所持することに対して筋の通っていない弟に反感を持っていた。しかしそれはおもちゃであった。そこまで本気にならなくていいと自分でもうすうすわかってはいた。

僕は周りからすればどうでもよいことによく執着した。集団の掟や、学校制度や、先輩後輩の関係性や、親の決めたルールや、一学期、二学期という区分や、すでに変えることのできない世界が存在していることに対して納得がいかなかった。しかし僕は言葉を持っていなかった。だから、いたずらやふざけた行為で人を小馬鹿にすることで、それを体現した。大馬鹿者と呼ばれることもあった。そのため僕はこの社会で「頭がよい」と思われる唯一の方法である学校の勉強を徹底してやることにした。それはさほど困難なことではなかった。記憶力だけはよかったからだ。学校の勉強は相撲甚句とは違い、豊潤さはなく、ただただ記憶すればよかった。いつも満点だった。僕がそう言うと両親は「なにがいつも満点ね。満点じゃないときもあったよ」と反論する。その反論の意味が僕には理解できない。僕は小学生のときに一度、オール5をとった。それで終わりなのだ。その一度のオール5は、僕がすべて満点だったという証拠なのだ。僕はそのとき、通信簿のルールですら崩壊させようと思い、5の右上に丸をつけるようにと先生に要求した。そして先生との約束であった計算大会と漢字大会のそれぞれ四回のテストでも満点をとり、おそらく日本全国の小学生で唯一、国語と算数で最上位であるとされる5のその上をとった人間になった。

しかしそんなことはなんの意味もないことなのだ。それよりも流行のBB弾で猫や鳩などを撃って喜んでいる人間が嫌いだ。納得がいかないのだ。銃は人間を撃つものだ。他の動物は銃をつくらない。つくろうという発想もない。牙や爪でいいのだ。それはかゆいときにはからだをかく道具であり、腹を空かせたときには他の動物を殺すための道具にもなる。己に生えていて、一生逃れられない、一生付き合っていく武器なのだ。人を殺すことを目的にしている銃のおもちゃで遊んでいる子どもが、僕は心底嫌いだった。だから、僕は弟を撃った。弟はそんな僕に対して、軽蔑と怒りの感情を抱いている。僕は次にその銃を弟に渡し、自分の眉間を指差して伝えた。

「ごめん。じゃ、お前もオレのここを撃て」

弟は嫌がった。弟の中では、絶対に銃で人を撃ってはいけないということになっていた。弟は優しい男なので、小動物ですら撃たない。ジュース缶を並べて撃つだけだ。そんな弟になぜ銃が必要なのだろうか？　僕は、弟に銃は必要ないし、絶対にそんなものを持ってはいけないという結論に達していた。それを理解してもらおうと思った。いらぬおせっかいかもしれない。そんなことは個人の自由なのだから。法律で規制されていれば別であるが、BB弾が充填されている銃は合法である。弟が銃を持つことよりも、僕がふざけたり、なにかの遊びに夢中になりすぎて家の中が散らかっていくことのほうが、坂口家ではいけないこととされていた。むしろ坂口家のルールを破っているのは僕のほうだった。弟はルールを守っている。銃を持ってはいるが、取り扱いのライセンスのような信頼を獲得しているので、銃を取り上げられることはない。不公平じゃないかと思うが、坂口家という装置を維持するためのルールは、その中に属しているかぎり変更することができないのだ。だからこそ親父の態度が、密やかな冒険が、僕には重要だった。

弟はあきらめて、僕の眉間に銃口を向けた。僕の試し撃ちがまったく信用ならなかったのか、弟は丁寧にもう一度銃を壁に向け、カチッカチッと執拗に引き金を引いている。その一生懸命さが、弟の誠実さと優しさだった。でも、その銃という人を殺す道具を模したおもちゃを、おそらく至近距離で撃てば片目ぐらいは簡単に潰せるその凶器をなぜ弟が手にしているのかを思うと、僕はつい笑ってしまった。弟は躊躇《ちゅうちょ》しながら、僕に銃を向け、引き金を引いた。その瞬間、僕は右目を押さえ、大声で叫びながら円弧を描き、フローリングの床に倒れ込んだ。床に倒れた僕の前に、一発の小さなBB弾が落ち、フローリングで跳ね返り、さらに繰り返し跳ねて連続音を響かせる。弟は初め冗談だと思って笑っていたが、次第に本気の顔になった。片目を押さえ叫んでいる僕は、左目でずっと弟の目を撃ち抜いていた。怒りの感情を、殺される人間が持つであろう憎しみの感情を、弟の両目に撃ち込んだ。それは銃よりも力を持っている。弟は自分が犯してしまった罪の日常からの飛び出し方に驚き、パニックになり銃を落とした。家には僕と弟しかいなかった。目の前の現実を確認しながら絶望を深める弟に、僕は落ち着き払って命令した。

「とりあえず病院に電話しろ。救急車を呼べ」

弟は僕の声を聞くと、われに返ったように隣の居間へと走った。子ども部屋から弟がいなくなったことを確認すると、僕は居間へと向かい、焦って電話しようとしている弟の両肩をがっと摑んで言った。

「嘘だよ」

弟は脱力して、その場にへたり込んだ。そして事の真相を理解すると、僕に怒ることもなく、むしろ本心からありがとうといった様子でうなだれた。

「生きてるって感じするだろ？」

そう言いながら僕は笑った。それ以来、弟が銃で遊んでいる姿を見たことがない。銃は捨てられたわけではなかったが、学習机の右下の大きな引き出しの奥に仕舞われた。BB弾の入っていない銃を撃たせて、目を潰したような幻をつくり出すのは至極簡単なことだ。右手にBB弾を隠し持ち、弟が引き金を引いた瞬間に左手で右目を覆い、そちらに相手の意識を集中させ、その傍ら、右手のBB弾を絨毯ではなく、音のするフローリングへと落とせば完了だ。人間は同時に二つのことに焦点を合わせることができないが、同時に二つの行為をすることはできる。このズレを使うのである。そうすれば幻の死をつくり出すことができる。絶望もつくり出すことができる。

僕は弟に抱きついた。僕は弟が好きである。別に困らせようとしたわけじゃない。銃なんかいらないことを確かめたかっただけだ。でも、僕はこの件で母ちゃんと親父に怒られた。弟を困らせてはいけないと強く念を押された。もし弟がいなくなったらどうするのよ、と言われた。僕もそのことをすぐに了解した。弟がいなくなったら僕はこの世にいないのも同然だろう。僕にとって弟とはそういう存在である。音楽が、本が、洋服が、精神的援助が、友達の代わりが、弟から無償で贈与されていた。彼がいなくなったら僕は寂しい。

　だから親父だって、自分の弟が突然いなくなったのだからおそらく悲しいはずなのだ。しかもそれは死という避けがたい時間の停止ではなく、生きているのに失踪するという、永遠に終わらない不安としてあるのだから。普段通りに母ちゃんに叱られておどける親父を見ると、僕には絶望を隠して人々を笑いの渦に巻き込む喜劇役者にしか思えない。でも、親父は本当に忘却の彼方へ事件を追いやってしまって、今は本心から笑っているのかもしれない。そうであれば、どのような技術によって可能なのかむしろ伝授してほしいくらいだ。忘却使いの仙人と化した親父は、しかし突然、うつむいたり、三十分ほど完全な沈黙状態になることもあり、善人なのか悪人なのか、子どもなのか大人なのか、幸福なのか絶望なのか、わからない顔を持っている。それでも僕のことをいつだって肯定するという姿勢は一貫していた。彼は他者に対しては一定だった。好きなのか嫌いなのかはっきりしていた。同時に、親父が嫌いだという事象に対して僕が新しい見解、見方を伝えると、すぐに方針を変え、好きになったりした。どろっとしていて、一秒ごとに姿形を変える雲のような親父。それはなんにでも変形することのできる、言葉と音の魔法のようであった。

僕の頭の中に出てくる幼年時代の親父は、いがぐり頭の中学生で、ちょっと漫画風の顔をしている。これは親父が僕に描いてくれた「イガグリくん」と「赤胴鈴之助」という漫画の影響だろう。僕はこの二つの漫画のオリジナルを見たことがない。親父が僕に描いてくれた漫画がそのまま新聞紙上や単行本として発表されているものだとずっと勘違いしている。そう、親父は漫画家でもあった。横からしか描けないんだよと言いながら描かれた平面的な絵は、僕の目には立体として映っていた。僕は絵の描き方を、誰からも漫画家とは思われていない漫画家である親父から学んだ。誰からも依頼のこないレタリングの上手い看板屋でもあり、相撲甚句って江戸時代から比べるとどうやらキーが低くなっているらしいんだよ、などと詳しく語る音楽評論家でもあり歌い手でもある親父。親父の口や手から得た技術は、しっかりと僕に受け継がれた。親父の魔術は、監視局の目の届かない複雑さの中に紛れ込み、すれ違いざまに僕の右手と親父の左手が触れそうになる瞬間に手渡される謎の暗号として僕に伝えられた。

夕方が過ぎると、いつもの楽しい夕食が、温かい坂口家の集いが始まる。もちろん僕はその団欒《だんらん》を楽しみ、明日への糧《かて》とする。しかし、右のポケットには謎の暗号を隠し持っていた。僕は暗号が好きだった。

親父が買ってくれた『シャーロックホームズ全集』によって僕は暗号という存在を知る。さらに僕はトリックに興味を持ち、マッチ棒がコインをすり抜けたり、トランプが一枚だけ浮かび上がったり、五百円玉が瞬時に消えたりするマジックを習得した。それは魔術ではなく、現実が無数の世界のうちの一つでしかないことを認識するための、新たなる世界をつくり出す行為だった。

僕は現実を変えられるとは思っていなかった。むしろその変えられなさ、固さ、変化できないどうしようもなさを感じていた。それは家族であり、学校であり、電電公社であり、プールだ。線路の上の電車は方向を変えられないし、今、母親に手を握られながら背後にあるはずの踏切も渡ることはできない。だからこそつくり出す。その試みを実践するのだ。それこそが僕にとって死なないための方法論である。社会が、集落が、部族が、その最も小さな共同体であるはずの家族すらもが鎖で縛られ、変化することはできない。すっかりあきらめてしまっている僕は、僕自身こんな世界からいなくなったほうがいいとすら思ってしまっている。そのことを伝えるには幼すぎて言葉を持たない僕は、でもいつかそのことを誰かに伝えたいと願い、僕自身を暗号化させた。

十　暗号

暗号とはまったく異なる世界をつくり出す方法であり、大事なものを隠すための四次元ポケットでもある。つまり隠すだけでなく、たやすく人々の目の前に持ってくることも可能なのだ。そこに存在しているにもかかわらず、暗号の法則を知らないものにとっては、それを知覚できない。その、あるのに見えない空間のねじれに僕は惹かれた。それは、母ちゃんの手であり、親父の歌であり、家族の秘密でもあった。

親父は団地内のくじ引きによって総合寮長になり、電電公社博多電話局内保全課で米国製の大型コンピューターと格闘していたと僕に言った。しかしなんのためにそのコンピューターがあるのかを聞いても、「よくわからない」と言う。僕は、なんと寝ぼけたどうしようもない父親だろうと思っていたが、暗号の存在を知覚した今、親父は本当になにも知らないのか、僕は自信を持てなくなってきた。元々米国の軍用地で、今は国有地となり杜《もり》の宮《みや》という地名で呼ばれる松林に囲まれて育った僕は、自分の親父を無知な人間だと勘違いしているだけなのかもしれない。じつはそれらは暗号化されていて、僕をだましているのかもしれない。だとしたらなんのためなのだろうか? 暗号とは、見る人、知覚する人に応じてそれぞれの答え、問い、情報を生み出していく。実際はどれが本当のことであるかは誰にも見分けることができない。

いったい親父は何者なのか。電電公社という組織に染まらないように無能を演じているようにも見えるし、坂口家の人間にさえ教えたことのない秘密の持ち主にも見える。弾圧を受けてもそれに臆することなく、口でうたうという方法で相撲甚句を伝承する隠れ殉教者にも見える。暗号の秘密を知れば知るほど、そもそも真実などないということになり、親父の存在は再びあやふやなものになっていく。

一九七八年四月十三日、僕の生まれた瞬間に親父は電電公社の後輩の送別会に出席していた。さらに僕の生まれたその週末には、麻雀大会があるからと言って出かけてしまい、母ちゃんが熊本で里帰り出産をした逓信病院に次の週になるまで帰ってこなかった。その不満を母ちゃんは永遠とさえ感じるほどに、繰り返し僕に言ってくる。母ちゃんは親父の失態に潜む公務員としての本当の姿と、その存在のあやふやさに気づいているのかもしれない。愚鈍を演じる親父という諜報員から、僕らを守ろうとしているのかもしれない。三人の子どもが、諜報員の子であり自分の宝でもあるという矛盾の中で、母ちゃんは息を潜め、避難所として機能することを選んだのかもしれない。

親父は嘘をついているのだろうか？　僕には目の前の親父と母ちゃんが知人ですらないただの男と女に映っている。しかし、彼らは結婚を選んだ。それは政略結婚のような裏があるわけでもなく、お見合い結婚のように賽子《さいころ》を転がしたわけでもなかった。彼らは確実に愛し合って結婚をした。しかし僕の目に映るその男と女は、正直愛し合っているようには見えないのだ。そんな二人の間に架かる虹とはなんであるのかをずっと考えていた。二人がそれぞれ別々に僕と触れ合っているときには問題ないのだが、三人一緒になるとなぜかいさかいが起きる。しかし、さらに家族五人が揃うと問題はある程度ほどけていく。僕にわからないのは、なぜこの二人が出会ったのか？　である。僕は二人を個人として否定しているわけではない。しかしこの男と女の合体が、結婚が、その愛が、僕には摩訶《まか》不思議なのだ。しかもその愛によって僕が生まれたらしいということの自分の存在の不思議。

母ちゃんはよく僕に「あなたは寿屋《ことぶきや》で拾ってきたの」と言う。僕はそれが本当だったらどうしようと思う。寿屋というのは福岡にあったデパートだ。寿屋はその当時隆盛を誇っていたデパートであるダイエーよりも数段質の低いデパートとして坂口家では認識されていた。僕がふざけたり、人を驚かせるようなことを次から次へと実行してしまうとき、母ちゃんは呆れながらよくこの言葉を僕に放つ。冗談と呼ぶには恐ろしい言葉だ。それでもあいかわらず好き勝手に行動する僕に対して、さらに母ちゃんはこう叫ぶ。

「あなたは伝えたすぎの、あきらめなさすぎなのよ！」

人に思いを伝える、絶対にあきらめずに。その行為は、坂口家では虐《しいた》げられていた。嫌悪されていた。禁止され、弾圧されていた。そのような自由の風を吹かせてはだめだと命令されていた。その変えることのできない家族という塊から、いかにして抜け出すかが僕の生きる指針となった。

　表面上はむしろ、幸福に育てられていた。しかし同時に、僕はもう一つの、いや一つなのか二つなのか三つなのかすらわからないのであるが、複数の暗号の存在も感じている。母ちゃんという僕の直接的な親らしき人の「寿屋というデパートで拾ってきた」という言葉が、「言うことを聞きなさい」という意味を示す暗号であるらしいことはすぐに理解できた。そんな簡単な暗号をわざと解かせるために僕に伝えている、むしろ「伝えたすぎ」の可能性も隠しきれない母ちゃんと、暗号のつくり方を教えながらも、勤めている国営の電話会社に鎮座している大型コンピューターが生み出す波長の伝達しているものがいったいなんであるのかを知らないという愚鈍さを絶妙な技術で演じている可能性のある親父を、僕は観察している。

　会社員としての親父の姿は、僕に、会社に行ってはいけないという短い伝言として、親父の適当な振る舞いからは予想もできないほど強く僕に突き刺さっている。僕はその姿を見ながら、言語化することはできていないが、確信を持った。僕は親父のような会社員にはならない。僕は自分の力でなにか独自の行動を起こし生きのびていく。荒ぶる餓鬼たちを追い払い力強く突進する銀色に光る獣のような出で立ちの人間を、僕は振動のような感覚としてからだに記憶した。のちに僕は小学六年生のとき、引っ越した先の熊本市立日吉小学校の卒業文集に「将来は建築家になり『坂口恭平追い越し建築事務所』をつくる」と断言する。どこからきたのかもよくわからないお金をもらうために、その波長が何を意味するのかわからない労働などしてはいけないと、親父は僕に自分自身の人生を見せることで伝えたのだ。四歳の僕はこう確信している。親父のようになってはいけない。親父のような労働は必要ない。しかし、その親父の労働によって坂口家には持ち物が備えられ、僕たち三人の子どもは生きている。矛盾しているようだが、親父の切り捨てた己の仕事への思いを引きずり、それでも歩け、どれも忘れるな、あらゆるものと絡み合いながら巨大化していくフンコロガシのように生きろ、というまるで王からの伝令を受け取った。表面だけの、見た目の、オレを見るな、オレの歌を聴け、オレの仕事は歌うたいであると王は言った。王は王妃を指差して言った。

「オレは首長としての態度、そして音楽をお前に伝える。持ち物はすべて王妃であるお前の母から学ぶのだ」

周りを見ると、籐の寝椅子、北海道家具、アールヌーボー風の小ぶりのシャンデリア、ポロ・ラルフローレンの僕がはいているズボン、漆の塗られた箸、そして、僕が本当に大好きだった軍鶏《シャモ》の絵柄が描かれた日田の小鹿田《おんた》焼の大皿がある。無言で持ち物を確認した僕は、王と王妃の前で膝をつき、深く敬礼をした。王と王妃はしっかりと手を繋ぎ、紺碧《こんぺき》のビロードのカーテンの向こうの部屋へと戻っていった。僕は伝令を受けた実感を噛みしめながら、静かにその秘密の扉を閉める。次第に、なにか歌ではない音が、軽蔑の感情を込めた声とともに聞こえてくるので、目を開けた。目の前の親父は母ちゃんにまた重箱の隅をつつくように怒られている。僕はそれを見過ごさないように熟視している。僕にとってそれは観察とは気づかれないように、ときには子どもらしくふざけた行為も織り交ぜた、鏡文字による暗号を使ってのフィールドワークだった。

家族五人が揃ったときに訪れる幸福の瞬間だけ、僕は自分が諜報員となり忍び込んでいることを忘れることができた。坂口家の一人なんだと誤解し、夕食その他を坂口家の構成員とともにした。坂口家発生のすべての起源を把握できないことが、僕に諜報行為の限界を感じさせる。いっそのこと僕は坂口家の長男・坂口恭平でいいじゃないか、それでなんの問題があるのだ、それでいいのだ、いっそのこと白痴になったふりでもして医学部というそこに行けば誰しもが医者になる可能性のある不思議な白い服を着る世界へと旅立ち、帰省の際にはそこで起きた楽しかったことや辛かったこと、それを乗り越えて国家試験を無事通過し、「大学病院で働いたりしているのを見てみたいわ」と母ちゃんの言う通りのあまりにもまっすぐで単純な、僕にとってはとてつもなく退屈な世界の住人になればいいのだ。お前はなにを諜報しているのだ。そもそもお前はいったい何者だ。

自分が暗号をつくっているのか、僕自身が暗号化されているのかわからなくなってしまった。しかしそれでも僕はやはり坂口家の一員というよりは諜報員である。おとり捜査官のように長男になりすまし、この坂口家という電電公社集落の中で成立している家族と、その生態を調べなくてはならない。このミッションをどこから受信したのか。その発信元は定かではないが、これは紛れもなく指令である。僕は、寿屋で拾われたということは事実ではないにせよ、なんらかの別の世界からやってきて、それこそ暗号化することによって坂口家の長男になることができたのだ。僕の存在こそが一つの暗号である。しかし、その暗号を言葉によって記すことは禁じられている。暗号の安全性は、誰かが監視していたり、統制していたりするのではなく、ただただ四歳の自分という、一九八二年の坂口恭平という、人間のからだをした三次元の現象だけで管理されている。

四歳の私は言葉を詳細に語ることができない。しかし、映像は、空間の感触は、記憶することができる。そこで私は、四歳の坂口恭平という現象が持っている技術と通信、録音、録画システム、空間把握コントロール器を操りながら、詳細にその人間という動物の持つ暗号を解読する鍵を探すための諜報活動を続けている。坂口家という王家の男と女はどうやら愛し合ってはいないというふりをしている。坂口恭平という人間のからだに私という諜報員が入っているにもかかわらず、坂口恭平は時折壊れた。しかしそのことも、私を管理し、指令を出す、得体の知れない者からの一つの伝言である可能性が高い。私は、自分が搭載されているこの坂口恭平という複雑な人間の「病」と呼ばれる電子機器の故障の原因を解明することができない。複雑なシステムによって稼働しているため、私は、その修理と並行して任務を進めることも求められた。私の意志からではない。坂口恭平という現象の立体化のために必要な「他者」と呼ばれる外の空間に暮らす新たな人間たちとの通信、坂口恭平の口と喉、さらには手や汗など、それらすべてを言葉として記録、解読する必要があるので、故障を抱えたままの行動を余儀なくされた。ときには大規模な改修作業を行う必要にさらされることもあった。そんなときだけは、活動をあきらめて修復に集中した。その際に坂口恭平という意識をある程度、愚鈍にさせる必要があった。思考能力、判断能力、手足の運動能力、やる気、動機のような機能を鈍らせることで、坂口恭平の活動をストップさせようと試みた。しかし、私は坂口恭平の修理に遅れている。すでに、それがいったいなんのための作業なのかわからなくなっている。己の使命とはいったいなんなのか。坂口恭平という機械を動かす前に必ず毎度訪れるこの疑念と向き合う必要があった。なんらかの報酬があるわけではない。しかも、この諜報活動は、坂口恭平が死ぬまで終わらないことは明白であり、むしろ坂口恭平の死から始まっている記憶の帰り道である可能性もある。理由のわからない指令に突き動かされて、必死に働き続けて、その結果なにもないのかもしれない。坂口恭平とともにただ死ぬだけということは、できれば回避したいと考えていたが、流れている時間の方向自体まったく逆なのかもしれないと気づき始めている。それが事実ではないという暗号をつくるためには、己の分裂を必要とした。それはつまり、坂口恭平に私の存在を知らせてしまうことを指す。しかしその行為は危険すぎると判断した私は、自分自身を坂口恭平であると思うことにした。諜報行為であることを忘れるほどに、坂口恭平という人間と一体化した。坂口恭平という人間に流れている真逆の時間を、私の存在を消すための一つの装置として利用した。あらゆる記憶の渦の球体を、時間というもので切り、その切片を少しずつ切り集めて、独自の空間をつくる。空間の中で問題が起きないように誤差を調整した。そのことによって私自身を人間という現象の中で成立できるようにした。他者とも共有できる空間を体感できるという誤解を導き出した。そして、私は坂口恭平となった。坂口家の。

古くなったコンクリートのひびや、新しいアスファルトの黒々とした青色の車道や、路地や通路から出てくる同い年ぐらいの子どもと母親の分子が、それぞれに違う統制のもと、ある一点に向けて近づいていく様子をぼんやりと眺めていた僕は、くいっと前を向き、母ちゃんの手を握り返した。

「恭くん!」

声を感知し、後ろを振り向くと、タカちゃんが珍しく母親と歩いている。手は繋いでいない。それを見て、僕も母ちゃんと繋ぎ直したばかりの手を離した。

気をつけなさいと母ちゃんが僕に声をかける。タカちゃんの母親はなにも言わない。普段はほとんど会話しているところを見たことのない母ちゃんとタカちゃんの母親が二人で話をしている。その声を聞きながら、僕とタカちゃんは二人から離れるように走った。僕は母ちゃんたちに手を振る。タカちゃんは幼稚園に行くのが楽しくなさそうに見える。

タカちゃんとまっすぐ道を歩くと、右手に踏切が見えてくる。それが、母ちゃんが横断歩道を渡るときに言っていたもう一つの踏切だった。つまり、幼稚園はすぐそこだ。僕は未知の存在である幼稚園に、なぜか帰っていくような感覚を抱いている。僕とタカちゃんは踏切を渡る。黄色と黒のストライプの遮断機はお城へと続く門のようだ。それは他国の城門ではなく、僕自身の門であった。僕は戻ってきたのだ。戦いを終えて勲章を授かるために帰ってきたのだ。

踏切の先に幼稚園が見えてきた。僕は緊張している。たくさんの子どもが吸い込まれていく。タカちゃんと幼稚園へ向けて晴れやかに歩き出す。潮風が吹き、僕の幻のマントが揺れ、まっすぐ後ろに伸びた。

解説——多重空間を生きる

渡辺京二

著者自身のご指名で、著者の小説としては処女作というべきこの作品を「解説」しようというのだが、その前に著者との因縁について少し触れておきたい。

この人と初めて会ったのは三年前のことだと思う。行きつけのカフェへはいったら、知り合いの「熊本日日新聞」の女性記者がいて、誰かと話しこんでいる。彼女と「やあ」と声を掛け合っていると、その「誰か」が突然立ち上って、「渡辺京二さんじゃないですか」と熱烈歓迎した。それが恭平さんだった。

私は坂口恭平なる人物が「熊日」に月一回エッセイを書いていること、その中でゼロ円生活だのゼロ円ハウスだのを提唱していることを、ぼんやり思い出した。だがそれ以上の印象はなく、その連載も熟読していたわけではなかった。そのときも何を話したか、もうおぼえていない。ただ彼が「ボクの年収は一五〇〇万円です」と壮語したことはおぼえている。ゼロ円と一五〇〇万円とではえらい違いだ。きっと彼はそのとき躁状態だったのだろう。この人の躁鬱の話は有名だから書くまでもあるまい。自分で『坂口恭平　躁鬱日記』なる本も出している。

その歳《とし》の暮、「熊日」のお正月番組のために彼と対談した。そのときはこの人物についてかなり見当がついていた。前出の熊日記者から、社内には彼の起用を、「大丈夫か、独立国家の総理大臣などと自称している奴に書かせて」と危惧する声が多いと聞いていたが、そういう危惧の出どころである『独立国家のつくりかた』も読んでいた。

独立国家云々《うんぬん》の言説は何ということはなかった。どうしてオカネなるものがなければ生きてゆけぬのか。どうして大地の一片を占有し、オレのものだなんて言えるのか。ルソー以来、いやその遥か以前から問われ続けて来たことであり、そんなふうになってしまったことの説明だって山ほども積み重ねられている。

恭平さんの凄いのは、かしこい子なら一度は抱くにせよ、思想史的には陳腐な問いを、大人になっても絶対に手離さず、オカネなしに生きる途、私有されない土地を見出す途を、まさに実践的に模索するところだと私は感じた。その稚気たるや、向こう見ずたるや、常人の域を超えている。この人は想像力の魔に憑かれているのだ。私にもかなり誇大妄想の気があるけれど、この人のそれは超弩級でとてもかなわない。

しかし、対談に当たって決定的だったのは、『幻年時代』を読んでいたことである。先に述べた最初の出会いのあと間もなく読んだのだと思うが、これを書いた人間は天才だと私は確信した。そういうことは前に一度だけあった。石牟礼道子さんから『苦海浄土』の前身『海と空のあいだに』を、私が出していた雑誌にいただいたときである。

私は天才という言葉を、常人とは質のことなる異能という意味で用いている。天才のほかに賢者も偉人もいる。とても大きな才能の持ち主もいる。飛び抜けて頭のよい人もいる。文学に限っても、大きな才能ゆたかな才能というものは、むろんざらにではないが見出すのに苦労はせぬ。しかし表現の才能の大小とはまた違って、こんなふうに表現するのか、いや表現以前に発想するのかと、驚きを感じさせる才能にはめったにお眼にかかれるものではない。

編集者としてそんな天才には一人だけ出会った。それが石牟礼道子さんだった。恭平さんと私は編集者として出会った訳ではない。しかし、『幻年時代』を読んだとき、私は紛れもなく編集者の感覚になっていた。他の才能とどこが違うのか。恭平は道子とおなじく、自分だけの言葉で語るのである。道子語があり恭平語があるのだ。ということは、実在=現実の感受において、ひととは違う自分だけのものがあるのだ。私が天才と呼びたいのは、このようなその人だけがもつ独特の感受力、ひいては言葉の遣いかたである。

対談は私が「キミは天才ですね」と言い、恭平さんが「ホントですかね。あんたを信用していいのかな」と答える形で進行した。このとき、恭平さんは落ち着いた態度に見えたが、実は鬱状態だったのだそうだ。

さて、その『幻年時代』である。これはむろん幼年時代のモジリで、幼から一画抜けば幻になる訳だが、なぜ一画抜かねばならなかったか、その訳は「僕の幼年時代。それは幻の時間である」という作者自身の言葉で一応納得しておこう。要するに作者は九歳まで、福岡県の新宮町というところにある電電公社の団地で過したのだが、その記憶は熊本市へ移住したあとの記憶、つまり「私」が成立してゆく物語とは無関係な「一つの塊」として「独立」している。にもかかわらず、それは作者の実在＝現実との最初の「空間」的触れ合いであり、自分というものの発端のすべてがそこに在る。

幼年の記憶はふつう、たとえ悲劇の一端を含むにせよ、あまやかなものとして現れる。あまやかな、しかし切ないものも同時に含まれる幼年時代を語った名作は、トルストイから神西清に至るまで枚挙にいとまがない。『幻年時代』にも、そういう幼年特有の経験の甘美さは、随所に顔を出している。しかし、作品の基調はむしろ、そういう甘美たるべき追憶が、絶えず不協和音に侵され、安易な感情移入を拒否するいわば異化された記憶に転化し続ける運動にある。

幼年期と言っても、焦点は作者が幼稚園にあがる前後の四歳頃の経験に絞られていて、当然登場するのは家族と遊び友達であるが、注目すべきなのは、彼らが現実という同一平面上に並んで、主人公恭平といろいろな関係を取り結んでいるのではないということである。彼らが主人公と関係するとき、そこにはひとつの空間が現れる。それはそれぞれに固有な空間であって、各空間は接合していない。

具体的に言うと、彼が母親とともに在る空間は、そこに弟が登場するだけで別な空間になる。そしてそれは、家族五人が揃ったときにはまた別の空間に変貌するのである。このような空間の変貌は、遊び友達との間ではあまり生じないようだ。それは特に家族との関係で生じるように思われる。そこに家族というものに対する、少年の特別鋭敏で繊細な感受性が読み取れる。このあと『家族の哲学』という小説が書かれねばならなかったゆえんだ。

　空間はこの小説の、いや坂口恭平の世界感受のキーワードである。そして空間は多元多重である。『幻年時代』は世界が主人公の前に、多元多重空間として姿を現す様を描いた小説なのである。少年にとって世界が多重空間として現れるということの中味は、一次的には自然的（地形的）・社会的に区別され意味づけられた複数の空間として現れるということで、それほど異様な感覚ではなく、むしろ成長しつつ世界の拡大を経験する少年にとって正常なことである。

　しかしこの単純な一次的な次元においてすら、世界を電電公社と非電電公社に分割し、しかも公社空間をも、団地・研究所・プール・クラブハウスと次々に異質な空間に分割し、さらに非公社空間を、セキスイハウス空間と伝統的な集落空間に分割して経験する四歳児の感受は、なみなみならず特異で鋭敏である。むろん小説における叙述は三十代の壮年にある作者の成熟した異能の産物と言えるが、この四歳児はこのような空間の多重性を言語化はしないものの、確かに感受していたのだ。

しかもその多重性は前述したように、二次的には人間関係の局面でも次々と産出されるのであって、ここに作者の異能が真に表れる。この多重空間を何とか統合して生きるには、いやその空間を安全に渡り歩くには少年は暗号を読み解き駆使しなければならない。彼は母を愛している。しかしその愛は暗号化されねばならない。だから彼は「カーニがチンポをつーねった」と唄う。つまり彼は芸能の人となるのであって、歌、イラストレーション、語り、オブジェ等によって、多重空間に出没する「芸人」としての運命は、早くも四歳のときに予感されていたのだ。

この小説は人はなぜ「きまり」に縛られねばならぬのだ、そんなものは突破せよというメッセージを含んでいるが、そういうメッセージは何ということもない陳腐なものにすぎず、恭平の凄いところはそんなありきたりのメッセージではなくて、あくまで人間が感知しつつその中に存在せねばならぬ空間の多重性を示すところにある。

作者にとって父と母は問題の存在であるようで、この二人の描き方はこの小説の読みどころのひとつとなっている。むろん親というものは誰にとっても問題の存在だが、四歳児で父と母に対する自分の関係の問題性を、ほとんど分析的に感知しているのは並ではない。あと知恵もはいってはいるだろうが、四歳当時の感覚について作者は真実あったことを書いていると思う。

少年にとって、母は文化を、父は自然を意味していたようだ。これはふつう逆であるべきところで、その点にこの父という人物の不思議さがひそんでいる。読者は第一章「守衛」というタイトルで、いきなり現時点の父が登場するのにとまどう。そもそもこの小説は、物語らしく順を追って展開するというふうになっていない。話は前後するし、何やら燦《きら》めく物体のいろんな切断面を、手品よろしく一瞬示されている気がする。これは物語ではない。夢のように一見脈絡もなく示される出来事のパノラマである。そのパノラマの最初に、現時点の父の姿が描かれていることの意味は軽くない。

この小説が傑作かどうかは知らない。だが少なくとも私は、こんな種類の小説は読んだことがなかった。重要なのはこのことである。石牟礼道子の『苦海浄土』がこれまで誰も書いたことのない小説であるのと全く同様に、『幻年時代』も日本近代文学史上、誰も書かなかった種類の小説である。この小説に人を驚かす奇想などない。ただ恭平にしか書けない小説だということが重要なのである。彼は多芸の人であるが、小説は彼にとって最適のジャンルではないかと思う。作家にとって処女作はなかなか超えられぬものとして在るという。彼はこれ以前に何冊も本を書いていたが、小説としてはこれが処女作で、その後の『徘徊タクシー』も『家族の哲学』もこの処女作を超えていない。だが、遊び人であるようで実は精励の人である彼は、必ずやそのうち処女作を超える作品を書くだろう。そう信じつつも、『幻年時代』の小説としての新鮮さは、やはり二度と繰り返されぬ奇蹟だと思わずにはいられないのだ。

——思想家・評論家

この作品は二〇一三年七月小社より刊行されたものです。

幻年時代《げんねんじだい》

坂口恭平《さかぐちきょうへい》

平成28年12月10日　初版発行

発行人――石原正康
編集人――袖山満一子
発行所――株式会社幻冬舎
〒151-0051東京都渋谷区千駄ヶ谷4-9-7
電話　03(5411)6222(営業)
　　　03(5411)6211(編集)
　　振替00120-8-767643
印刷・製本―中央精版印刷株式会社
装丁者――高橋雅之

幻冬舎文庫

ISBN978-4-344-42550-7　C0193　さ-33-2

幻冬舎ホームページアドレス　http://www.gentosha.co.jp/
この本に関するご意見・ご感想をメールでお寄せいただく場合は、
comment@gentosha.co.jpまで。